琉球奇譚
ベーベークーの呪い

小原 猛

竹書房文庫

前書きのようなもの

取材、というのは実に便利な言葉だと思う。どこかに気晴らしに出かけて、ふらっと立ち寄った先の商店で話をする。すると、奥にいたオバアが「昔はよ、ボーヂマヤーとかが集落のあたりをワサワサーしてましたけどね」なんて話をしてきたら、さっそく取材に取り掛かる。オバア、ボーヂマヤーってなんですかね、と聞く。するとオバアは面倒くさそうに、こんなことを言う。つまりよ、ボーヂは坊さん、マヤーは猫。つまり、坊さんみたいな猫って呼んでたがね。でも実体はキジムナーでしょう。確かに、そんな感じだったよ。

オバア、それってどこのあたりに出たんですかね。とさらに聞いてみる。オバアはさらに面倒くさそうに、それはさ、このあたり一帯が墓場であったからですよ。墓場にはいろんなバキムン（化け物）がおるでしょう。ボーヂマヤーもそんな感じかねえ。ターリ（憑依）した○○集落の○○○さんなんか、毎晩見よったって。

こんな風に話は続いていく。そのまま個人的な話になることもあれば、そこで話が終わることもある。活字として話にできるかどうかは、後にならないとわからないが、とりあえず聞いてみる。沖縄は民俗学の宝庫でもあるし、怪異譚のいっぱい詰まった島でもある。

怪異譚、と簡単に一言でいうが、本土の人々が怪異と捉えているものを、実は怪異とは捉えきれないのが、沖縄の人々の信条でもある。

怪異とはおそらく、奇怪で理解不能で、呪われた何かが根源に存在しているような、そんな非常に恐ろしいものである。しかし沖縄の怪異は、それとは違ったニュアンスを持ってくる。沖縄の怪異は時として生者に優しく寄り添い、成長を助け、訓戒を垂れる。時として人に取り憑き、生霊（イチジャマ）を飛ばし、人の精神状態を崩壊させもするが、それらを中和する存在として、沖縄には昔からユタやノロ、神人《かみんちゅ》、ムヌシリー（物知り）、三仁相《さんじんそう》などと呼ばれる特殊能力を持った人間が存在する。本来彼らは死者と生者を橋渡しして調和をもたらすものであるが、しかしそこは清濁併せ持った人間である。金儲けに走る者もいるし、人を騙すだけしか能力のない人間もいる。そこでおそらくカオスが生まれて、物語が生まれるのだと思う。

また沖縄には決して触れてはいけない聖域、ウタキというものが存在する。聖域を壊すと祟りがある、というのは万国共通の考え方であろうが、沖縄は特にその影響が強いような気がする。

例えば今私の目の前に『西原町史／別巻・西原の民話』（平成三年・西原町役場）という分厚い本があるが、その中にさらっとした記述でこんなことが書かれてある。

「カンニモーというところに、クバン御嶽《ウタキ》というのがあるが、その御嶽は幸地《こうち》と翁長《おなが》の間にあるので、これを分けようとして、幸地の人も翁長の人もその御嶽に縄をかけたので、御嶽の祟りが起きて、縄をかけた若者たちはみんな死んでしまった」（同書五三二ページより）

聖域に縄をかけただけで、若者たちが全滅してしまう。こんなことが実際に起こったのかというと、おそらく起こったのである。だから記録に残っているわけであるが、実は最近は沖縄の人でさえ、御嶽を敬い大切にするという昔からの慣習を忘れているような気がする。

するとどうなるかといえば、怪異が向こう側の世界からこちらの世界へと現れてくるのである。それは意味のないものではない。怪異が出る場所には何らかの理由が存在し、それを我々は理解する必要があるのだ。

これらの話は取材を通して聞いた話をまとめたものであるが、わざといろいろわからないようにマンチャーマンチャーして（混ぜて）しまったり、細部をぼかした話も多い。名前や場所は基本的に変えてある。

この本が沖縄の精神世界、はては怪異譚について読者の興味をいくらかでも喚起させることができれば、幸いなことである。

２０１９年　梅雨明けの日に　　　　小原猛

目次

プロローグ　珊瑚礁の住人

沖縄戦が終結してから数年のち、人々が立ち直りつつあったある日のこと。金城《かねしろ》さんはまだ十歳くらいで、ある海辺にやって来ていた。

雲ひとつない空はジリジリと暖かな日差しを投げかけてくる。海の向こうからはまるでニライカナイの匂いが漂ってくるかのように、何か芳しいものがこちらに向かってきているような気がした。

平和な一日であった。

ふと足元の珊瑚礁の群青の水の中に、白骨がゴロゴロと転がっているのを見つけた。見渡すと、その海岸はどこもかしこも白骨で埋まっている。

兵隊や学徒兵たちが、軍服を着たまま珊瑚礁の浅瀬にどっぷりと沈んでいる。

金城さんは温かな海水に手を入れ、一つの頭蓋骨をゆっくりと持ち上げた。しずくがポタポタと落ちる。頭蓋骨は弾丸でも貫通したのか、後頭部が丸ごとなくなっていた。

それは驚くほど白く、二つの眼窩から眺めるぽっかりと空いた空間には、晴れ渡った青空と、その向こうのニライカナイが見えるような気がした。

次の瞬間、「おい」と叫ぶ声が聞こえた。

見ると、珊瑚礁と深みのちょうどボーダーラインのところに、一人の旧日本兵が銃を下に向けて立っている。

「おれ、の」

そう声が聞こえ、びっくりした金城さんは頭蓋骨から手を離してしまった。

ぼちゃん。

見上げると、すでに旧日本兵の姿はない。

頭蓋骨だけがうつろなまなこで、金城さんの姿を珊瑚礁のまにまから静かに見上げていた。

野良犬

那覇《なは》の福地家に伝わる話である。

戦後、那覇市の与儀《よぎ》十字路付近は焼け野原で、その後粗末な木造のバラック小屋が立ち並ぶだけの、そんな一角だった。そこに福地さんの曽祖父の信一郎さんが暮らしていた。まだ十五歳くらいだったという。

あたりの土地を掘り返せば、人間の骨やライフルの銃弾などがゴロゴロと出てきた。病気で死ぬ人も多く、衛生的にもかなりきつい環境だった。信一郎さんはそこで不発弾を掘り返したり、人間の骨で遊んだりしていた。それらの風景がもはや生活の一部になっていた。

ある日のこと、朝起きると外が騒がしい。

大人たちに事情を聞くと、真志喜《ましき》さんという男性が、朝方、通りの真ん中で殺されていたという。胸に銃弾を数発受けていた。

「これは間違いなくヒージャーミー（ヤギの目。米兵のこと）の仕業であるさ」

人々はそう確信していたが、当時は米国占領下のため、大きな声では言えない。もちろんMP（駐留米軍の警察組織）も当時の米兵の関与を疑ったが、その辺りはうやむやにされてしまった。

真志喜さんは独身で、身寄りもなかったことから、近くの空き地に一人ぼっちで埋められた。信一郎さんは親戚と一緒に穴を掘り、真志喜さんの遺体を埋葬した。

「あの犬はどうするかね」

大人たちがふと、そんなことを言った。

真志喜さんは一匹の野良犬を飼っていた。

名前はなかったので、信一郎さんはただ単に野良犬と呼んでいた。灰色のやせ細った野良犬は飼い主を失って、毎日寂しそうにクウクウと鳴いていた。真志喜さんはそんな野良犬に残飯をやり、短期間だが世話をした。野良犬は飼い主の真志喜さんが亡くなったのが本能でわかったのか、その日から埋葬された場所の周りをグルグル、グルグルと回るようになった。

そしてある夜のこと。

小屋に住んでいた信一郎さんは、外から聞こえてくる異様な鳴き声に叩き起こされた。

おわーおう。

おわーおう。

獣とも人ともつかない鳴き声に、びっくりして信一郎さんは外に出た。いったい何があのように鳴いているのだろうか。闇市で手に入れた懐中電灯で照らすと、通りの真ん中に異様なものがいた。

それは空き地にいるくだんの野良犬だった。だが人間のように二本足で立ちながら、大きく口を開けて吼え続けている。その声はとうてい犬のものではなく、まるで苦しみもがいている人間が発しているような声だった。

おわーおう。

おわーおう。

それを見つめていた誰かが言った。

「きっと真志喜さんが取り憑いているに違いない……」

野良犬は、三日三晩現れたが、四日目にはとうとう姿を見せなくなってしまった。心配した信一郎さんが付近を捜すと、近くの川べりで血を吐いて死んでいるところを発見したという。

きっと意味もなく殺されてしまった真志喜さんが、犬に乗り移ってそのことを訴えたかったのだろうと人々は話をした。

その後、野良犬の亡骸は真志喜さんの横にひっそりと埋葬された。

しかし、声だけはなぜか残った。

しばらくの間は、夜になるとずっとあの鳴き声が聞こえ続けていたという。

おわーおう。

おわーおう。

一度などはＭＰもやってきて付近を探し回ったが、結局声の主を捕まえることはできなかった。

どのくらい時間が経ったのだろうか。いつのまにか真志喜さんのことをみんなが忘れかけてしまったころに、ようやくその声はパタリと途絶えたという。

ウークイの夜

何年か前のウークイの夜のことである。

沖縄では旧盆の三日間を、それぞれ「お迎え《ウンケー》」、「中日《ナカヌヒー》」、「お見送り《ウークイ》」と呼び、いくつもの行事を行う。それぞれ親戚を回ったりして、最終日には家に帰ってきた先祖たちを家族みんなでウークイ（お見送り）するのである。

前門《まえじょう》家でもウークイの日は家族全員が集まり、ウチカビ（あの世のお金）を焼いてから、死者の杖としてサトウキビの茎を玄関に立てかけて、無事先祖をグソー（あの世）に送り出して、幕となった。

前門サトシさんは地元の役場職員で、その夜玄関に立てかけてあったサトウキビの杖を、役場のホームページに参考として載せるため、携帯カメラで何枚か撮影してから家に入った。その後、家族と話をしながら、ふと撮影した携帯の画像を見ていると、一枚にだけ不審な光が入り込んでいるのが分かった。

「あいやー、これ、なんだろうね」

そういってサトシさんは他の家族に写真を見せた。

「えー、デージな何かが写っているさね」サトシさんの奥さんが言った。他の家族もみな、不思議だねーと呟きながらその写真を眺めた。

写真には、玄関に立てかけたサトウキビの杖の横に、不思議なオレンジ色と緑色の二色のアーチが虹のように写り込んでいた。だが怖いといった言葉を漏らした者はなく、「不思議」だけど「美しい」「綺麗」とみんなは言った。

結果、前門家の結論としては、先祖が無事に家に帰ったんだろうということで結論を得た。それを教えてくれているのではないか。ありがたい写真だねと、彼らは口にした。

その夜のこと。

サトシさんは実家の二階で奥さんと眠っていた。

夜の二時ごろ。足音が聞こえた。

コツコツコツコツ。

最初は東側の窓から聞こえ、それから家の周囲を一回りするように、「コツコツコツコツ」と聞こえ続けた。

「あら、誰かしらね」と途中で目覚めた奥さんもその音に気づいた。

サトシさんは起き上がって、窓の外を確かめてみたが、人の影はない。周囲は住宅地で、横と後ろは他の家である。歩けるわけもない。

「見てこようね」

そうサトシさんは奥さんに言って、サンダルに寝巻きのまま外に出た。

深夜の住宅地は静かで、その夜は虫の声一つ聞こえなかった。だが確実に足音だけは聞こえていた。

コツコツコツコツ。

やがて足音は、はっきりとサトシさんの目の前の道路を横切った。

コツコツコツコツ。

そのまま十字路を右折する。

サトシさんは足音を追いかけて、そのまま後に続いた。

コツコツコツコツ。

やがて足音は、住宅地から外れた少し先にある雑木林の中に消えていった。

追いかけようと思ったが、その先は雑木林の暗闇である。まっすぐ行くとフルバカ（古墓）もある。深夜に立ち入ってよい場所ではない。

ふと、耳を澄ますと変な音が聞こえる。最初は木材か何かがきしむ音かと思ったが、よく聞くと人の声である。男性のうめき声のようにも聞こえる。

「ああ、これはいかんやっさ」

サトシさんはウークイの日だということもあり、さっさときびすを返して帰ろうとした。だがなぜか足が帰ろうとしない。

男性の苦しそうなうめき声はますますはっきりと聞こえてくる。周囲が暗すぎるせいで、まるで目の前から聞こえてくるかのような錯覚に陥った。

すると、自分でも不思議なことに、一歩一歩、サンダルのままサトシさんは雑木林の中に足を踏み入れていた。足元は枯葉で充満し、デコボコの道に足をとられた。

と、目の前の獣道の半ばに、男性が一人倒れているのが月明かりで見て取れた。

ユーリー（幽霊）ではない、どう見ても生身の人間だった。それも顔見知りであった。

「おい、城間《しろま》、しっかりしろ！」

それは前門家から少し離れた場所に住んでいる城間家の長男だった。全身泥と枯葉まみれの上、強烈に泡盛の匂いがした。意識が朦朧《もうろう》としているので、持っていた携帯ですぐさま救急車を呼んだ。その後奥さんにも携帯で電話をし、救急車が来る頃には前門家の全員が雑木林の前にいた。

城間さんはそのまま担架に乗せられ、救急車で運ばれていった。命に別状はないようだった。

後日、判明したことによると、城間家の男性は実家でウークイの後、浴びるように酒を飲んでから一人で家を出て、そのまま雑木林の中に立ち入ったようであった。そこで、泥酔していた彼は雑木林の中に捨ててあったロープで輪をつくり、首を吊ろうとしたのだが果たせず、そのまま転がってうめいていたところをサトシさんに発見されたようであった。

だが本人もロープをくくったまでは覚えているが、なぜ首を吊ろうとしたのかは覚えていないと語った。

後日やってきた警察官に対して、サトシさんは「ただ夜中に足音がしたので、それを追いかけていったら、彼がいました」と正直に答えた。警察官は「ふんふん、そうなんですね」といいながらメモし、そのことについては別段質問してこなかった。

「まあウークイの夜ですからね。不思議じゃあないですね」

最後にこんなことを言って警察官は帰っていった。

だが一番不思議だったのは、実は姿の見えない足音でもなぜ自殺をしようとしたかでもなかった。

それが昨夜の写真だった。

写真に写っていたサトウキビの杖にかかっていたオレンジと緑の虹である。自殺しようとしていた城間さんが着ていたTシャツの柄と完全に一致した。オレンジが上で、緑が下という色の順番まで一緒で、城間さんはそのようなデザインがされたシャツを着ていたのである。

シルアイ

伊礼《いれい》さんという女性が以前働いていたのは、沖縄県南部にあったとある害虫駆除会社だった。伊礼さんはそこで経理の仕事を任されていた。最初は派遣としてそこの経理を担当していたのだが、仕事が優秀ということで、その後正社員雇用された。

伊礼さんはそこの先代の社長である大城さんから、非常に可愛がられた。大城《おおしろ》社長は害虫駆除会社のほかにも四つの会社を経営しており、知識人であり、人当たりも良く、優しく紳士的だった。ところが伊礼さんが正社員になってから一年後に、大城社長は肝炎が悪化して急に亡くなってしまった。

人格者であった大城社長を惜しむ声は大きかったが、会社としてはそれなりの従業員もいたせいで、このまま解散させるわけにはいかない。そこで大城社長の長男であるA氏が経営を引き継ぐことになった。

ところがこのA氏、仕事がまったくできない上に、いろんなところがいい加減な男だった。

まず経営判断ができない。

女癖が悪い。

酒を飲むと当り散らす。

そして長男なのに、まったく仏事のことに無関心だった。

沖縄では代々先祖崇拝の気質が強く、その家の長男は責任を持って代々の墓と仏壇を守っていく習慣があった。ところが、A氏はそういったことに無頓着で、父親の四十九日さえ、社員にまかせっきりで、自分はまったく関与しなかった。

墓と仏壇のことをないがしろにする家系には良いことは起こらない。沖縄では古くからそう言われ続けている。

伊礼さんは、あまり迷信深いほうではなかったが、何か悪いことが起こるような、そんな予感がずっとしていた。

そしてそれは、ある日見事に的中した。


A氏が社長になってちょうど半年たった夏のこと。

いつもならA氏は十一時過ぎには出社してくるはずなのに、その日に限っては昼になっても現れなかった。ほかの取締役が社長の携帯に連絡を入れると、おかしなことに女性の声が聞こえた。

それは酔っ払っているのか、非常に聞きづらい声で、バケツの底から聞こえてくるような音だった。

「社長はいますか?」との問いかけに、女性はただこう答えただけだった。

「えーあぁ、えーあぁ、えーあぁ」

そしてジャリジャリという雑音。すぐに電話は切れた。

昼過ぎ、会社に一本の電話がかかってきた。警察からだった。

その電話に出たのは、伊礼さんだった。

「警察ですが、名刺によるとAさんの経営されている会社はそちらですか?」

「はい、そうです」と伊礼さん。

「実はAさんなんですが、首里《しゅり》の方で保護されました。現在は○○病院に送られましたので、会社か家族の方で迎えをお願いしたいのですが」

「社長に何かあったんですか?」

「いいえ、事件ではないんですが、首里城の中で寄声を上げて暴れていらしたんです。A

さんは癲癇《てんかん》とか、発作性の持病をお持ちですか？」

「いいえ、そういうのは聞いたことがありません……」

その知らせに社員は大慌てで、伊礼さんは他の社員と共に病院までA氏を迎えにいった。

ところが、A氏は病院の中でけろっとしていた。伊礼さんの姿を認めると、「おおい！」と元気そうな声を上げて手を振った。

「すまんな、こんなところまで」

「社長、大丈夫ですか？」伊礼さんが尋ねた。

「俺？　無論よ。バッチグーであるさ。お前、なにか、俺がフリムン（馬鹿）になったとでも思ってるのか？」

「いえいえ、そんなことはありません」

「よし帰るぞ」

そう言ってA氏は病室からスタスタと歩いて外に出た。

あとで伊礼さんは他の社員から話を聞いた。その社員が警察から聞いた話によると、A氏は首里城の中で、両手を高く上げて歩きながら、「我は海の子」を大声で熱唱していたという。警備員が制止すると、「えー、ヤッケー（厄介）、ヤッケー」と言いながら逃げ回り、歓会門《かんかいもん》のところで駆けつけた警察に保護された。するとA氏は泡を吹いて倒れてしまったので、救急車が呼ばれたという。

ところがA氏にはまったくその時の記憶がない。

A氏は首里城近くの沖縄そば屋で昼ごはんを一人で食べたあと、車に乗り、そこで記憶が途切れてしまっていた。

「多分、疲れているからだろうな」A氏は社員たちの前でそう説明した。「誰でも疲れている時は、おかしなことをしたりするもんだからよ。みんなも気をつけなさい」

ところが、それから伊礼さんが見ていると、不思議なことが起こった。

朝会社に来て、社内を掃除するのだが、なぜかその頃から床の上に死んだシロアリがたくさん落ちているようになった。シロアリ駆除をしているからシロアリ自体は見慣れている。だがシロアリが活発に表に出るのは交尾の時期だけで、そうではない時期にこんなにたくさんのシロアリがいるのは、建物内で繁殖している可能性が高い。

「社長、この会社の建物、ちょっと見直したほうがいいかもしれません」

ある日、伊礼さんはA氏にそう進言した。

「うん、どうかしたのか伊礼？」

「なぜか会社にシロアリの死骸が落ちているんです。交尾の時期でもないのに、おかしいです」

「ああ、あれか。あれは心配するな。この南部地域に、俺が呼んだ」

「はい？　何とおっしゃいました？」

「俺が呼んだ。俺はシルアイ（シロアリのこと）を呼べる」

会話が十秒以上停まってしまった。伊礼さんは返す言葉を失い、A氏もそれ以上何も言わなかった。

「あの、社長が呼んだんですか。シロアリを」

「そうそう。心配いらない」

「どうやって、ですか。まさかわざと誘引剤を社屋に撒いたとか？」

「いやいや、そんなことはしない。頭の中のポッチがあるわけさ。それをほんの少しだけ右側によじると、いろんなことと繋がれるわけさ。シルアイもそうであるさ。だから呼んだわけ」

「呼んでどうされるんですか？　お茶でも出します？」

伊礼さんはA氏が冗談でも言っているのだろうと、精一杯の冗談で返した。

「ううん。お茶はいらん。この地域にたくさん巣を作ってくれとお願いしている。だから来月辺りから、シルアイについての問い合わせが増えるはずよ。忙しくなる」

A氏は冗談で言っているわけではなかった。

その証拠に、次の日の経営会議でも、社員五人の前で同じことを喋った。

「ここだけの話だけど」とA氏は会議の途中で声を潜めながら言った。

「盗聴器は仕掛けられてないだろうね」

社員一同、ポカンとした顔でお互いの顔色を窺った。

「盗聴器は多分ありません」誰かが言った。

「バッチグー。じゃあ話すけども、売り上げ倍増の対抗策が俺にはある。それは俺の特殊な力を使って、今度の満月の夜にシルアイを南部地域に呼び寄せることにした。たくさんやってくるし、○○の集落と○○○の集落にも、好き勝手に家に巣を作れとお願いしてある」

社員一同、ポカンとした顔で社長の言葉を聞いている。

「社長」と副社長の男性が声を上げた。「それは、どういうことで、そうなっているのか。つまり……」

「ええ、お前に説明しても埒があかん」社長が語気強く切り返した。「これは事実であって、嘘でもなんでもない。次の満月、沖縄中のシルアイが南部地域に集結する。これは決定したことであって、天皇陛下であっても国連事務総長であってもひっくり返すことはできない。アンダースタン？」

副社長は言葉を失ってしまった。

他の社員も同様だった。頭を抱えてしまった者もいる。だが社長の言っていた事は少なくとも事実だったのではないかとの可能性が浮上した。

それは次の週のことである。

月曜日からシロアリについての問い合わせが急に増え始めた。それも会社のある南部地域からがほとんどで、社員は毎日のように問い合わせのあった家に内覧に向かった。なぜか南部地域にシロアリが手当たり次第に巣を作り始めているような感じであった。伊礼さんも電話応対で疲れてしまうほど、電話が鳴りっぱなしであった。

そんな週の半ば、伊礼さんが社長室に呼ばれて中に入った。

仕事上の書類作成のためであったが、一通り話が終わると、社長がいきなりこんな話をした。

「伊礼、これから戦争が始まるからな」

「はあ、何の戦争でしょうか」

「宇宙の粒子というか、善と悪の戦いのようだが少し違う。頭の中のポッチが早く倒してくれと言うわけさ。あんたに全部わかるとは思っていないけど、俺は今攻撃されている。瀬長亀次郎《せながかめじろう》（沖縄の政治家。共産党員であり、徹底した反米闘争を繰り広げたことで知られる）だったらわかってくれるはず」

「はあ、そうなんですか」

一刻も早く病院に行かせたほうがいい。伊礼さんはそう思った。

「社長、一言よろしいでしょうか」

「なんだ?」

「あの、すいませんけど、社長のおっしゃっていること、私にはまったく理解できません」

「そうだろう、そうだろう」A氏は深く頷きながらそう言った。

「バランスが壊れているんだよ。この世界のね」

それが伊礼さんがA氏と個人的に喋った最後になった。


次の週、A氏は会社に出てこなかった。その日一日連絡がつかないので、副社長がマンションに行ってみると、地下駐車場に停めたBMWの中で横になっているA氏が発見された。すでに息はなく、練炭が後部座席においてあったという。警察は社員の証言もあり、自殺だと断定した。おそらく精神病を患っていたのだろうということになった。

だがA氏の死に関して一つ妙なことがあった。

A氏の車の中には、どこから入ったのか大量のシロアリの死体があったという。警察もこれだけは最後まで首をひねっていた。


その後、副社長が会社を引き継いだ。その後伊礼さんは会社を辞めてしまったので、現在この会社がどうなっているかは知る由もない。だが会社を辞める前に、伊礼さんはこんな話を聞いた。

亡くなったA氏の実家にある仏壇であるが、死後そのまま弟が引き継いだ。

ところが先祖の位牌から何から、もっというと祀られていた実家がシロアリの被害にあっており、人が住めない状態になってしまっていた。そこでやむなく取り壊されることになった。位牌も新しく作り直されたという。ところが新しい家を建設中にも、なぜかシロアリがまとわりつくようになった。一度会社で駆除をしたのだが、それでもやってくるので困っているという。

「社長は精神病とかいうくくりではなかったような気がしますね」と伊礼さんは語った。

「おそらく世界のバランスが壊れているんでしょう。それしか私には理解できませんでした」

イナググワンス

沖縄ではシーミー（清明祭。沖縄のお盆）の前になると、郊外にあるお墓の草を刈ったり、掃除をする姿がよく見られる。

亀島《かめしま》さんのお墓は破風墓《はふうばか》で、小さな家のようになっている。最近造成し直したために綺麗だが、立地がちょっとした丘の斜面にあるので、放っておくと周囲の雑草が大人の背丈ぐらいまで成長し、相次ぐ台風のために枯葉やゴミが隅っこなどに溜まってしまう。

その日、亀島さんも次のシーミーに備えて有給休暇を取り、ガソリン式の草刈機を抱えて、付近の草を刈っていた。

昼過ぎに草刈が終了し、かなり時間が余ってしまった。

「一日有給を取ったのに、今帰ったら損した気分になるやっさ」

草刈機を片付ける前にふと見ると、十メートルほど離れた場所にある隣のお墓が目に付いた。結構古い亀甲墓《かめこうばか》（亀の甲羅の形をしていることからそう呼ばれる）で、シーミーにも誰かが来ているところを見たことがない。その代わり、思い出したように菊の花がお供えしてあったりするので、きっと子孫の方たちはいるのだろう。草刈機のガソリンもまだ余っていたので、ものはついでと隣の墓の草も刈ることにした。

そこは「仲里門中墓《なかざとむんちゅうばか》」とマジックで書かれた古い木のプレートが吊り下げられていたが、なぜか「仲里門中墓」という文字の上から、別のマジックでそれを否定するかのように×が書き加えられていた。

「なんだ、何か間違えて書いたのかな」

お墓の敷地に入ると、周囲には高さ二メートルほどの雑草がみっちり生えていた。

「フルパワーで真っ向勝負やっさ」

亀島さんは草刈機のエンジンを勢いよく始動させると、あっという間にお墓の周囲の草を刈り終えた。

「これで仲里さんのウヤファーフジ（祖先）も喜ぶやっさ」

そして自分のお墓に戻ろうとした時、ふと気がつくと刈った雑草の下に何かある。

キラキラと光るそれを、亀島さんは拾った。

直径が三センチくらいある、美しい水晶球である。なんだろう、何かの儀式に使ったのか、それとも誰かが落としたものかな？　亀島さんはもしかしたら落としたものかもしれないと思い、水晶球を拾い上げて仲里家のお墓の前に置いた。

お墓も綺麗になったし、水晶球も見つけた。

これでいいやっさ。

本日の業務、終了！

やさ！（よし！）

そう言って道具を片付け、家路についた。


家に帰ると、まだ三時にもなっていない。一人娘はアルバイトで、奥さんはおやつを食べながらテレビを見ていた。あなた早いのね、と奥さんが言うので、亀島さんはすぐさま冷蔵庫を開けて、オリオンビールを取り出した。

「労働のあとの一杯は格別やっさ」

そして奥さんと一緒にテレビを見ながら、亀島さんは隣のお墓の草を刈ったこと、近くに落ちていた水晶球を拾ったことを話した。すると奥さんが「ちょっと待って、あなた！」と話を遮って、こんなことを言い始めた。

半年ほど前、遠縁の親戚がお墓に行きたいと北部からやってきたので、奥さんは時間を取ってその人たちを亀島家のお墓に案内した。その時に、隣の仲里家の人たちが、今まで見たことないくらいたくさんお墓にいたという。奥さんは「こんにちは」と頭を下げたのだが、誰一人として反応しない。見ると、明らかに「この人ユタ」とわかるようなおばさんが一人いて、何かの呪文を唱えながら、その水晶球を何個も墓場の外側に投げていた。その姿は薄気味悪く、声をかけられるような状況ではなかったらしい。

「だからあなた、その水晶をお墓に戻したのはまずかったんじゃない」

「えー怖いことというなー」亀島さんはいきなりそんなことを言われたのでビビッてしまった。「じゃあ俺はよくないことをしたっていうのか?」

「多分、それ戻してきたほうがいいんじゃないの」

「ユタが水晶球で何かするとか、俺は聞いたことがない」

「でもやってたのよ」

「まさかやー」

「まさかやーじゃないわよ。気色悪いから戻してきてちょうだい」

「そんなことやるかやー」

「どうして?」

「俺はユタを信じん」

奥さんはあきれて、買い物に出かけてしまった。

ところがそれから、奥さんがそんなことを言ったせいか、精神的になんだか疲れてくるのを感じた。動悸も速くなり、なんだか恐ろしい不安にさいなまれ始めた。あれか、俺がやったのはダメなことなのか。動かしてはいけないものを動かしたのか。

「いやいや、そんなことあるかや」亀島さんはひとりごちた。「おれは善意でそれをやったんだから、ウヤファーフジはきっとわかってくれるやっさ」

それから夕方までテレビを見ていたが、なんだか身体中が痒い。

みると全身に蕁麻疹《じんましん》のようなものがたくさん出来ている。

痒くて仕方がない。

「きっと雑草を刈っている時にダニにやられたやっさー」

そこで亀島さんはシャワーを浴びることにした。

服を脱いで洗面台の鏡を見たとき、身体中が震えてしまった。

背中にも腹部にも同様に恐ろしい数の蕁麻疹が発生していた。絶対にダニとかではない。亀島さんはシャワーを浴びるのをやめ、すぐさま服を着てお墓に向かおうと車に乗った。

運転席に座った途端、携帯が鳴った。高校生の娘のしずかさんからだった。

「お父さん大変。助けて！」

「しずか、どうしたんだ？」

「今バイト先のコンビニにいるんだけど、変なことがあって」

「変なことって？」

「なんか知らないオバアがやってきて、レジに立ってた私を指差すわけ。それで何かわけわからないことをわめきながらカウンターを乗り越えようとするわけ。それで店長が飛んできて押さえつけたけど、凄い力でさ。さっき警察が来て引き取っていきよったけど、もう死ぬかと思ったよ」

「なんだって？」

それも隣の仲里家の水晶球のせいなのか？　不安でたまらなくなった亀島さんは、電話を切ると、すぐさまお墓に向かって車をすっ飛ばした。

お墓に着くとすぐさま仲里家の亀甲墓に入り、前に置いた水晶球を取って、最初に発見した場所に静かに置いた。ごめんなさい、ごめんなさい、とぶつぶつ呟きながら何度も頭を下げ、車に戻った時には身体中ブルブル震えていた。それでも蕁麻疹は治らなかった。

家に戻るとどっぷりと日は暮れて、しずかさんと奥さんも帰宅していた。顔まで蕁麻疹の出た亀島さんを見ると、二人とも小さな悲鳴を上げた。

「塩を舐めなさい」

奥さんに促されて、亀島さんは塩を舐めさせられた。何かとてつもなく理不尽な気がした。これもぜんぶ水晶球のせいなのか？　俺はすべて善意でやっただけなのに。しかも雑草も全部刈ってやったじゃないか。どうして私の家族にさわる（祟る）のだ？　わけがわからない。すると奥さんが携帯で誰かと話している。しばらくすると鬼のような目で携帯を渡された。

「はい、誰ね？」亀島さんは携帯に向かって喋った。

「あの、真栄城です」

「マエシロ？　誰ですか？」

「遠縁の親戚の真栄城カメと申します」

「ああ、カメオバア、お久しぶりです」

「あの、あんたね、あんたがやったことで、結界が破れたといっておる」

「誰が？」

「隣のお墓のウヤファーフジですよ。イナググヮンス」

「イナグなに？」

「イナググヮンス」

「なんじゃそれ？」

「隣のお墓のノロ（琉球の祭祀を司っていた女性神官）さんのウヤファーフジ。イナググヮンスは女性の始祖のことですよ」

「そんな言葉知りません」

「とにかくね、あんた、今夜がヤマだよ。今夜それがやってくるから、戸締りを厳重にして、家の四隅に塩を盛りなさい。結界を張りなさい」

「結界を張ったらどうにかなるんですか？」

「結界を張ったら、目標がそれる。私もウグヮン（御願）するから、あんたは十分に気をつけなさい」

そう言って相手は電話を切った。

「なんて？」奥さんが睨むように迫ってくる。亀島さんは今聞いたことを全部奥さんと娘に伝えた。

「もうあんたはよ、なんてことしてくれたの？　家族を危険にさらして平気なの？」

「危険にさらすつもりは毛頭ない。俺はただ親切のつもりでやったことさ。イナグ（女性）のグヮンス（元祖）なんて知る由もないし」

「とにかくやるのよ」

そうして夜になる前に、彼らは家の四隅に言われた通りに塩を盛り、ついでに庭に生えていたススキからゲーンと呼ばれる魔よけを作り、家の門扉とトイレ、そして裏口にも刺した。

「これだけやれば完璧やっさ」

亀島さんには確かな手ごたえのようなものがあった。

そして夜がやってきた。徐々に亀島さんの蕁麻疹は引いてゆき、すでに薄いピンク色にまでなっていた。痒みもおさまり、このまま明日まで大丈夫であれば、問題ないように思えた。そして皆が就寝した夜の十二時。あることが起こった。

いきなり外から老婆のウギャーという悲鳴が聞こえた。わけのわからない方言を延々と喋っている。それからいきなり高笑いが聞こえた。

「お隣さんだわ。お隣の新里《しんざと》さんのオバアよ」

奥さんが言った。二階から見ると、隣家の新里家の電気が全部ついて、家族の叫び声やドンドンとせわしなく家の中を駆け回る足音が聞こえてきた。

ギャーハッハッハッハという高笑いがしたかと思うと、今度は方言のような言葉でしわがれた悲鳴を上げていた。やがてガラスが割れる音や家族が言い合う声も聞こえた。

ギャーハッハッハッハ！

ウギャー！

がちゃん。どたん。

お父さん、そっち持って！　早く！

救急車だ。電話しろ！

ギャーハッハッハッハ！

ウギャー！

しばらくすると救急車がサイレンを鳴らしてやってきた。それでも大暴れしているようで、救急車はゆうに三十分はその場から離れなかった。やがて深夜一時を回るころ、ようやく救急車がサイレンを鳴らして出発し、静寂が辺りに訪れた。

その騒動を横で見ていたしずかさんが、こんな言葉を呟いた。

「新里のオバア可哀想に。完全な巻き添えだよね」

次の日になると蕁麻疹も完全に治っていたという。

わからない

高嶺さんの家では、いつの頃からか異音が酷くなった。

家が泣くのである。

まるで人間の女がすすり泣くように、低い声で、ヒィヒィと泣くのである。

「どう聞いても人間の女に聞こえる」

高嶺さんも奥さんも子どもも、とにかく気色が悪くて仕方がない。最初は雨のあとにヒィヒィと聞こえたので、雨漏りやそのほかの要因によるものだと思った。だがそうではなかった。カンカン照りの日にも、やはりその声は聞こえるのである。時間は決まって夕方の四時過ぎだった。

そこである日曜日、知り合いから紹介されたユタを訪ねた。五十歳くらいの化粧の濃い女性だった。ユタは高嶺さんのことを見つめながら、こんなことを言った。

「あんた、七代前の先祖が言いたいことがあるそうだよ」

「はい、何でしょうか?」

「それはわからん」

「ええっ？」

そう言われて高嶺さんは拍子抜けしてしまった。

「わからないんですか」

「違う。そうじゃない。あんた、国頭《くにがみ》かどっかの山の上にお墓、あるだろう？」

「はい、あります」それは本当だった。だがその情報はそのユタには喋った記憶もないし、先祖が国頭出身だとも言ってない。

「その墓は誰も拝んでいないだろう。間違いない。あんたそこに行きなさい。何かのメッセージが待っているから」

確かに国頭村の山の上に先祖の墓があった。そして最近誰も拝んでいないのも事実だった。ユタの言った言葉があまりにも一致したもので、女性の泣き声と拝んでいない国頭のお墓がどこかで結びつくのかもしれないと感じた。

そこで、先祖からのメッセージを聞くために、高嶺さんは家族とともに国頭村を訪れた。

高嶺家のお墓は、国頭の山の奥にあった。車を近隣の集落に停めて、そこから獣道を歩いて三十分、山頂のお墓にたどり着いた。

お墓の周囲には、遠目から見ても何か巨大でおかしなものが置かれているのが見えた。最初は岩だと思ったがどうやらそうではない。近づくにつれて強烈な臭気が鼻をついた。それは、見たこともない大きなイノシシの死骸だった。

それが五つも、お墓の周りに輪を描くようにして倒れていた。すでにウジが湧き、一部白骨化していた。あまりの臭気の酷さに、奥さんはその場で嘔吐してしまった。

残念ながら、高嶺さんはそのメッセージを今に至るまで解読できないでいる。

墓場の声

名城《なしろ》さんは若い頃ひどく貧乏だった。彼女ができても、二人で旅行に行くこともできず、ほとんどすべての用事をその集落の中で済ませていた。

ある日のこと。彼女とイチャイチャしたくなった名城さんは、どこにも行く場所がなくて、仕方がないので自分のお墓に彼女を案内した。

名城さんのお墓は結構大きな亀甲墓で、一番奥に山の斜面をくりぬいたお墓があり、その手前には約二十畳ほどのコンクリートの打たれた空間が広がっている。親戚一同が集まって座れるような空間である。また周囲には鬱蒼とした木々が茂って、外側の道路からはちょうど見えない造りになっている。

ある夕暮れのこと、二人はそこにブルーシートを敷いて、いちゃつき始めた。

すると開始早々、くぐもった野太い叫び声が聞こえてきた。

「よそでしろっ！」

「え？」

びっくりした二人は、その声が誰のものなのかわからず、凍り付いてしまった。

するど十秒ほどしてから、再び声が聞こえてきた。

「よそでしろって！」

その声の出所を二人は同時に振り返って眺めた。

あきらかに墓場の内側から聞こえてきたという。

「あ、すいません……」

名城さんは先祖が怒っているのだとわかり、すぐに帰る準備をした。彼女も何も言わず、そそくさと服を着た。


その声は三年前に亡くなった祖父のそれだったという。

妾の墓

沖縄の墓は大きい。おおよそ家一軒分はあるのが普通である。これには意味があり、同じ先祖を持つ男性の家系のものすべてを門中《むんちゅう》というのだが、その門中すべての骨を納めるから大きいのである。

東風平《こちんだ》さんの墓は南部の田舎にあり、おおよそ二百坪の巨大な敷地の中に建っている。少し斜面を登ると開けた場所が現れ、戦後再建された亀甲墓というものがその真ん中にデンと鎮座し、そこには門中のジーシガーミと呼ばれる沖縄の骨壷が入っている。

それとは別に敷地の端っこに高さ一メートルもない祠のようなものも立っている。

「これが問題でね」と東風平さんは語る。「要するに妾《めかけ》さんなんですよ。うちの家系じゃない。しかし先々代の東風平家のものが、この墓だけは触るなって文章にまで残しているんで」

ある旧盆のことである。東風平家の門中がお墓に集まったときのこと。

敷地内にテントを張って、五十名近くの親戚が集まって、食事をし、親交を温めた。

久しぶりに会った親戚の子どもたちは広場を走り回り、どこかのオジイが持ってきた三《さん》線《しん》で民謡を唄い出す。沖縄の大きな門中での見慣れたひとコマである。

そこで、敷地のはずれにある妾の墓について話が出た。

「もういいだろう。壊してしまおう」と誰かが言った。「あそこを壊して、上まで登れる道路を整備して、駐車場にしてしまおう」

「いや、それはできない」と東風平さんは反対した。

「なんだ東風平、お前、門中でもない妾の肩を持つのか」

「いやそうじゃないが、先代たちがあれには触るなって口を酸っぱくして言っているだろう。だから……」

そこまで喋ったときだった。

妾の墓から法螺貝《ほらがい》のような物凄い「ボーッ」という低音が響き渡った。

次の瞬間、音を聞いてびっくりしたのか、敷地を走り回っていた子どもたちが腰を抜かしてバタバタと倒れてしまった。

「それ以来、誰もあの墓には触りません」東風平さんはきっぱりと語った。

フツ

昭和四十年代の話である。

金城《きんじょう》さんの家は、沖縄の某所に山を所有していた。そこは先祖代々風葬が行われてきた山であった。風葬の場所は山を登った中腹にあったが、それゆえに入口には簡単に立ち入れないように格子状の門が作られ、南京錠と太い鎖で厳重に鍵がされてあった。風葬の場所には門中のお墓と、風葬にする亡骸《なきがら》を横たえるための台が置いてあった。そして門中墓の外側に、骨となった三体の亡骸が放置されたままだった。

その遺骨は、金城家のものとも誰のものともわからない遺骨であった。

昭和四十年代にはすでに風葬は行われておらず、おそらく大正時代以前のものだと思われたが、誰の骨か確かな情報もなく、親戚一同どのように処理していいかわからないまま、放置されていたという。

それぞれ三体には名前があった。

一番左のものはおそらく五代前の女性の遺骨で、マカトという名前が。

正面にあるものは男性のものらしき遺骨で、ただアー氏《うじ》という名前が。

右側のものは年代不明で一番古く、アカーという名前が付いていていた。

金城家の門中のものたちは、お墓参りに来ると、いつもこの三体の遺骨には特に敬意を払って接していた。近いうちにどこかのお墓に納めようという話にもなっていた、そんな矢先のことだった。

本土から一人の活動家の男性がやってきて、無断で金城家の山に立ち入った。

そこで男性は、山の中腹に置かれた骨を見て、こう叫んだという。

「なんだこれは。沖縄戦の遺骨がまだこんなところに！」

そこで男性は遺骨を全部一緒くたにしてビニール袋に詰め込むと、そのまま山を降りて近隣の警察署に駆け込んでこう言った。

「すいません。山で骨を見つけました。きっと沖縄戦の遺骨です」

そこで警察はいろいろと調べて、それが金城家の風葬墓であることを突き止めた。

金城家のものは厳重に抗議して、活動家の男性を訴えるとまで言った。

だがその活動家の男性は、しつこく嫌がらせをしてきた。

「あんたたちは野蛮人だ。骨をあのまま山に放置するなど言語道断。文明の匂いも感じ警察から返還された骨をもう一度、風葬墓の周囲に置いたが、活動家の男性が再び山に無断侵入してそれをめちゃくちゃにしてしまった。一枚の張り紙が風葬墓に貼り付けてあった。

「文明人は骨を放置するな！」

それを見て金城家のものは激怒してしまった。大泣きした親戚も多数いた。これだからナイチャー（本土の人）は嫌いだ、と誰かが言った。ああいう奴を沖縄に来させるべきではない、とも言った。それからも長い手紙を金城家に送りつけてきたので、弁護士を立てて係争する構えを金城家が見せると、相手も弁護士を立ててきた。

これにはさすがの金城家の人たちも「理不尽だ」として怒り心頭になった。

「もう我慢できない。忍耐の限界だ」

誰かがそう言った。

そこで親戚で会議をし、誰かがこんなことを言った。

「フツを飛ばしてやろう」

フツとは口のことである。沖縄では悪口を言うと、それが念となって相手に飛んでいくものだと信じられている。そこで限られた数の親戚が集まり、ある家の台所でフッを飛ばすことになった。

沖縄の昔からの家庭には、台所にヒヌカン（火神）というものがある。それは神様に通じる場所で、そこで口にした言葉はすべて神様に届くとされている。昔はヒヌカンの前で夫婦喧嘩をすると、どちらかが死んでしまうとまで言われた場所でもあった。

金城家のものたちはヒヌカンの前に立ち、思い思いに相手に対してフッを飛ばした。

「内地に帰れ」

「苦しんで倒れてしまえ」

「仕事をなくして、路頭に迷ったらいいさ」

「二度とこんなことが起こりませんように」

だが一人のものが、こんなフッを飛ばしたという。

「死ね」

結局活動家は故郷の埼玉には帰れなかった。

「何が起こったんですかね」と聞くと、金城家の人はこう語った。
済んだことです。もういいんです。
だから私もこの話はこれ以上語らないことにする。

呪いを込めて焼く

那覇市首里には古い町並みが多い。

首里に長年住んでいる長嶺《ながみね》さんの家には、古びた井戸があった。外側は戦後になって修復されたのでコンクリート造りだが、穴の内側は石積みになっており、透明な水がいつもこんこんと湧き上がっている。

今年で五十歳になる長嶺さんは、ここである人を呪ったという。


当時小学生だった長嶺さんは、同級生の幸子さんという女性に恋をしていた。それは中学生になっても、高校生になっても変わらなかった。二人は同じ町内だったので、小、中、高と同じ学校だった。だが根っから引っ込み思案で恥ずかしがり屋の長嶺さんは、告白はおろか、好きだというそぶりさえ見せられなかった。

それが起きたのは、二人が高校二年生のころのこと。

ある日の午後、塾に行こうと自転車に乗っていた長嶺さんは、幸子さんが同じクラスの同級生である石川くんと、空き地の木の後ろで抱き合っているのを見てしまった。

頭にカーッと血が上るのを感じ、長嶺さんはもう塾などどうでも良くなった。悔しくて悔しくて、一人で首里城近くの公園で泣きはらした。どうにかしてこの思いを伝えたいと思ったが、すでに遅いとも感じていた。もうどうにもならない。自分はどうせダメなのだ。後悔と怒りと悲しみと絶望が、渦を巻きながら長嶺さんの周囲を取り囲んだ。

家に帰ると、オバアが長嶺さんが悲しんでいるのを見て、「どうしたんだい？」と声をかけてくれた。

何も答えずに泣いていると、線香を一本持たされて一緒に庭に出た。

そして庭にある井戸の前に行き、オバアがこう言った。

「あのよ、あんたが悲しんでいるのを神様は知っているさ。だから線香あげてウートートゥー（手を合わせてお祈りすること）しなさい。そうすれば、神様はきっとあなたのことを助けてくださるから」

長嶺さんはオバアがあまりにもしつこく勧めるので、線香に火をつけて、手を合わせた。

だが祈っている間も、心中の怒りは治まらなかった。

その後、家族でご飯を食べ、自分の部屋で布団に入っても、寝付くことが出来ず、怒りと悲しみだけがぐるぐると渦巻くだけだった。涙だけが止めどもなく流れた。

そこで長嶺さんは、幸子さんと抱き合っていた石川くんのフルネームを便箋に書いて、それを持ってみんなが寝静まった夜中の庭に出た。もう一方の手には居間にあった仏壇用のライターを握っていた。

井戸の前に来ると、長嶺さんは小さな声で嘆願した。

「神様お願いです。石川を殺してください。幸子さんを僕にください。何でもします。お願いですからあいつを殺してください」

そしてライターで石川くんの名前の書かれた便箋に火をつけ、それを井戸の中に投げ入れた。

便箋はぱあっと明るく燃えたかと思うと、そのまままっすぐに井戸の底へと落ちていった。それでも長嶺さんの怒りと悲しみは消えなかった。

それから数日後のことである。

石川くんが、学校を休んだ。あとで先生がこんなことを言っていた。

「石川くんですが、昨日、首里の坂道で自転車で転んで、頭に十針も縫う大怪我をしました。現在は検査のため入院しています。みなさんも自転車の運転にはくれぐれも気をつけてくださいね」

それを聞いた長嶺さんは、わざと幸子さんのそばに行った。

「ふうん、石川くん怪我したんだね」

「うん、転んだんだって」

「心配だね。何かあったら力になるから言ってね」

幸子さんは長嶺さんの目をしっかり見て、「ありがとう」と優しい声で言った。

家に帰ると、長嶺さんはすぐ自己嫌悪に陥った。石川くんが怪我をしたのは自分のせいだと感じた。なのにどうしてあんなことが言えたのだろうか？　俺は最低の人間だ。もう自分が恥ずかしくなった。

家族が寝静まった夜、長嶺さんは一人で井戸に行き、そこにいるはずであろう神様に対してこのように嘆願した。

「人を殺してくれなんて言った私が間違っていました。石川くんを助けてください。これ以上ひどい目にあわせないでください」

しばらく祈っていると空がゴロゴロと言い出し、大粒の雨が降ってきた。長嶺さんは部屋に戻り、恥ずかしさから夜通し泣き通した。


でもやっぱり。

でもやっぱり、憎い。

長嶺さんは朝になると、やはり石川くんが憎くて憎くてたまらなかった。

もしこのまま幸子さんと石川くんが結婚するようなことにでもなったら？　自分はもう生きていられない。こうなったら完全に別れてもらうか、あるいは石川くんに本当に死んでもらうしかない。

長嶺さんは本気でそう考えたという。

次の日学校に行くと、その思いはますます強くなった。同級生の間で、幸子さんが一人で石川くんの病室に行き、二人で一緒に折鶴を折ったという話が話題になっており、「二人はそのまま結婚するんだ」とみんなが幸子さんをはやしたてていた。それに対して幸子さんは否定も肯定もしなかった。

否定も肯定もしなかったということは、それはつまり肯定ではないのか？

長嶺さんは、ますます落ち込むのを感じた。考えれば考えるほど、自分の無力さやダメなところが目に付いて、同時に石川くんへの怒りがふつふつと湧いてきたという。

その日の夜、昔学校で撮影した集合写真を探した。石川くんが写っているものだった。長嶺さんは石川くんのところだけ鋏で切り取り、それを夜の井戸に持っていって、細切れに裁断した。何度も何度も鋏を入れた。ばらばらになったそれに火をつけた。

十三回、同じ言葉を繰り返せ、という声が心の中で聞こえた。

「石川死ね。石川死ね。石川死ね。石川死ね。石川死ね。石川死ね。石川死ね。石川死ね。石川死ね。石川死ね。石川死ね。石川死ね。石川死ね」

そしてその灰を井戸の中に怒りをこめて投げ込んだ。


それからしばらくしたある日のこと。

学校で見た幸子さんは泣いていた。

別の友人が、こんなことを話しているのを聞いた。

「なんでも石川くん、脳に腫瘍が見つかったんだって。あれって死んじゃう病気だよね」

もはやショックも受けなかった。ああ、自分には力があるのだ、と思ったという。人の命さえ、自分には左右できる力があるのかもしれない。悲しむべきじゃなくて、喜ぶべきなのかもしれない。

そして幸子さんに近づいて、いろいろと石川くんの話をした。

「石川くん大丈夫なの」

「わからないけど、今は祈るしかないのかな」

「そうだよね。僕も祈ってる」

長嶺さんは、そんなことを平気で言ってのけたという。その夜、再び井戸の前で長嶺さんは祈った。一刻も早く石川を殺してください。幸子さんを僕にください。幸子さんと結ばれたい。結ばれたい。早くキスをしたい。抱きしめたい。真面目にそんなことを紙に書き出し、井戸の前で焼いた。

「それからどうなったと思いますか」と長嶺さんは言った。

「結局、石川は高校を卒業することもないまま、亡くなりました。それが私が呪ったせいなのかどうかといえば、それは絶対にイエスなんです。彼は私が呪ったせいで死んだんです。それから私は幸子さんに言い寄って付き合うことになったんですけど、結局別れてしまった。理由ですか。私と幸子さんは高校卒業してからしばらく付き合っていたんですけど、十九歳の時に私が交通事故に遭いましてね。北谷《ちゃたん》で信号待ちをしていたら後ろから猛スピードの車にぶつけられたんです。だからこのザマですよ。下半身不随です。あそこも勃ちませんよ。一生車椅子です。右腕も動きません。腎臓も悪くなって、多分もうすぐ透析しないといけないんじゃないですかね。報いでしょうね。ああ、ぜひこの話書いてください。人を呪う能力のある人が、他者を呪ったらこうなるんだってい う、せめてもの償いですかね。それじゃ」

長嶺さんは車椅子の車輪を回しながら、病院の廊下をゆっくりと遠ざかって行った。

群青のかすり

死んだ人が来たんです、と悦子さんは言った。

でも全然怖くないの。

涙がぱあーっと流れてね。

友達は、本当にいつまでも友達なの。


大雨の夏の夜。悦子さんは平屋の木造家屋で眠っていた。するとどこからか、コツコツ、というノックの音がする。最初は風で建具が鳴っているのだと思ったが、また、コツコツ、と音がする。悦子さんは目を開け、頭を横に向けてみた。

庭に向かったドアが開いていた。その向こうには真っ暗な空間が広がり、激しい雨音がこだましている。

ふとそこに、粗末なかすりの着物を着た長い髪の女性の影が見えた。全身ずぶ濡れで、なで肩である。

「誰ね?」

悦子さんが口に出してそう言うと、影はゆっくりと左右に手を振った。だが動きはスローモーションのようにゆっくりで、まるで時間の進み方が違うようだった。

と、思うまもなく、それは消えた。

消えるというか、風景に吸い込まれた。

あ、もしかしたらすみ子さんね?

悦子さんはすぐに起き上がり、開け放たれたドアに駆け寄った。

「ねえねえすみ子さん」と声に出して呼びかけた。

雨が激しく降っている。庭には誰もいない。

すると耳元でこんな声がした。

ごめんね。

声を聞くだけで涙が溢れた。ごめんねなんて、どうしてあなたが謝るのよ。

ごめんね。

その言葉を耳にすると、悦子さんの目からは止めどもない涙が流れた。悦子さんはその場にうずくまり、泣きじゃくるしかなかった。

すみ子さん、あなたはもう死んだ人。でも来てくれてありがとう。心の中で礼を言った。それでも悲しいものはやはり悲しい。死者との間のどうしようもない壁は乗り越えられない。私はまだここにいて生きている。私こそごめんね。あなたを救えなくてごめんね。ごめんね。ごめんね。

ごめんね。

やがて朝になった。悦子さんは雨上がりの朝、ずぶ濡れのまま外にでた。

那覇の町は廃墟であった。見渡す限り、一面の焼け野原。家の前は雑草が生い茂る広場になっており、その向こうに見える那覇の町からは、火を炊く煙がところどころ上がっている。

今日も朝が始まる。

見ると家の前に、隣家との境界線を示す木の杭があり、そこに群青色のかすりの着物がポツンとかかっていた。誰のものか一目でわかった。ああ、やっぱりあなたは来てくれたのね。ありがとう。かすりは濡れていて冷たかったが、悦子さんの心は熱くなった。

その日の昼、悦子さんは那覇の闇市に出かけた。そこで知り合いの女性に出会って、こんな話をした。

今朝ね、亡くなったすみ子さんがやってきて、かすりをくれたのよ。

闇市の人たちは、それを聞くと「あんた、それは大事にしなさいよ」と涙を溜めながら話を聞いてくれた。誰も悦子さんを馬鹿になどしなかった。

きっとそのご友人はあなたを愛しているのよ。

きっと守ってくれているの。

ありがとうって、感謝しなさいね。

彼らは口々にそんなことを喋った。

すべてが焼き払われ、建物は全部無くなってしまったけれど、いつかまた美しく再興するのだろう。それまで生きているかわからないけど、とりあえず私は生き残った。だから意味があるのだろう。そう思いながら、悦子さんはふらつきながらも町の中を歩いて行く。

そのかすりは小禄《おろく》の石嶺家に少し前まであった。カビが生えて、虫がついてしまったのでしぶしぶ処分してしまったという。石嶺家の人たちにとって、悦子さんは偉大な曽々祖母であり、死んだ友人がくれたかすりは、彼女の大事な大事な形見であった。

雨上がりの那覇の町を見ると、孫の道夫さんは今でも偉大な曽々祖母の話を思い出すという。もうかすりはないけど、偉大な曽々祖母の人生そのものが、宝物ですよ。道夫さんは笑いながら、そんなことを言った。曽々祖母は実際に死んだ人からかすりをもらったんです。でも全然怖くなかったって、そう言ってましたよ。

今は無くなってしまった那覇の旧公設市場で聞いた話である。

キーブルダッチャー

もう一つ、旧公設市場で聞いた話である。

あなたね、沖縄の怪談グヮー（グヮーとは小さいものや日常の何かにつける愛称のようなもの）を集めているのは？

ああ、そうね、新聞いつも読んでるさ。上等であるさね。沖縄の新聞はデージ上等ヤイビーン。それでよ、あなたは公設市場の横、何があるか、知っている？

「ええと、ガーブ川（昔は公設市場の横を流れていたが、現在は地下に暗渠《あんきょ》となっている）ですかね」

ガーブ川？　違う違う、そんなもんじゃないよぉ。この道にはね、霊道《れいどう》が通っているんですよ。昔このあたりは一面墓場であったさ。それがよ、戦争でみんな壊されてしまって、その上に我々は住んでいる。だから感謝しないといけないよお。何にって、死者にですよ。

だからね、あなたが歩いてきたそこの道あるさ。国際通りから平和通りに入ってきたでしょ。平和通りには、だから死者が歩いているわけさ。わかるね？　私は平和通りのひっかけ幽霊と呼んでいるがね、あれよ、平和通りを歩いていたら、よくひっかけられるさあ。何にって、それはあなた、幽霊にですよ。私は七回歩いたら七回、三回歩いたら三回、足をひっかけられましたよ。だからここを歩く時にはね、すいませんね、ちょっと歩きますからね、ごめんなさいね、あなた方の邪魔にはなりませんよーって言いながら、歩くわけ。

それとね、昔近くに沖縄そば屋があったんですがね、そこの亭主がよ、今帰仁《なきじん》の人だったか忘れたけど、首ククリー（首吊り）してしまってね、ある朝、死んでおるんですよ。それでね、四十九日も終わって、グソー（あの世）に見送ったあと、しばらく店はシャッターが下りておったんですけどね、ある日よ、私が娘と店に行こうと歩いておったら、首ククリーした今帰仁の亭主とばったり出会ってね、向こうが言うわけさ。

おはようございます。

私もその時はぼうっとしてたから、ああ、おはようございますって声を返したけどね、横にいた娘がしがみつきながらキーブルダッチャー（鳥肌を立てること）するわけさ。

お母さんお母さん、あれヤバイやつだよって言うわけ。どうしたんだねって聞いたら、あの人首ククリーした今帰仁の〇〇〇さんだよって。それで私もそうだねってなって、うれー、急いで引き返しましたけど、もう姿はないですよ。

そんなことがありましたよ。

シランフーナーシチー

西銘《にしめ》さんは以前、平和通り付近の溝や側溝などを清掃する仕事をしていた。

ある時、地下を流れるガーブ川に通じるマンホールを開けて点検を行っていた。

すると、何やら水の流れの音に混じって、変な声が聞こえる。まるで男女がぺちゃくちゃおしゃべりしているような声である。しかし暗渠に入るには、その場所から結構行かないと入口はなく、もしそこから入ったとしたら一大事である。雨など降ったらひとたまりもない。

「もしもしぃ？　誰かいるのかぁ？」

大声で暗渠の中に怒鳴った。

しかしおしゃべりはとまらない。

水かもしくは空気の音？

よく耳を澄ますと、こんな言葉が聞こえてきた。

「ハンタイソールバーテー」

直訳すると「反対されてしまった」である。野太い老人の声だった。

「誰ね？　危ないよ！　もしいるんなら出てきなさい！」

折りしも昼から大雨が降りそうだった。そこで懐中電灯を携えて、はしごを下ってみることにした。

暗渠の中は真っ暗だった。右も左もコンクリートの壁しかない。見える範囲には人はいない。暗渠の中はかび臭く、酷い湿気だった。

暗渠の中に立ち、西銘さんはしみじみ思ったという。

こんな場所に人がいるのか？　違う。

やっぱり人じゃなかったんだ。

そう思うと急に寒気が襲ってきた。これは決して暗渠の温度のせいではなかった。

西銘さんは急いではしごを上った。

途中でまた喋っている声が下から聞こえたが、お構いなしに上った。

急いで上っていると、すぐ近くでこんな声が聞こえた。

「シランフーナーシチー（知らんふりして）」

西銘さんは悲鳴を上げて外に出ると、すぐに暗渠に蓋をしたという。

クワディーサーがワサワサと

知念《ちねん》光男さんは毎年、慰霊の日になると糸満《いとまん》の平和記念公園に足を運ぶ。慰霊の日とは沖縄県が定めた特別な日であり、六月二十三日は沖縄戦において旧日本陸軍の最高司令官であった牛島中将らが自決したとされている日である。その日、沖縄県の知事や政府の閣僚らがそろって式典に参加する。知念さんは沖縄戦当時に生まれた子どもで、自身は戦争の記憶はないが、読谷村《よみたんそん》の捕虜収容所の記憶だけはあるという。

知念さんは語る。

みんな粗末な服を着て、毎日下を向いて歩いていましたよ。そこらじゅうに骸骨がごろごろしている広場に、錆び付いた戦車とか高射砲がそのままにされていて、それを解体していろんな材料に使ったりしていました。

あのね、別にこれは怪談ではないんですよ。もっと言うと、不思議な話でもない。

私は一応、足も悪くなったけれども、毎年慰霊の日には糸満に行くんです。毎年那覇の安里《あさと》から孫に車で送ってもらい、帰りは那覇糸満線のバスグヮーに乗るんです。式典の間は横の広場の日陰でぼうっとしている。他にもたくさんぼうっとしている人がいる。私みたいな年よりはそれが一番いいんですよ。

ところであんた、クワディーサー（モモタマナ）ってわかるね。あの木の下でぼうっとするのが一番ですよ。

それでね、何年前だったかなあ。今の安倍さんが初めて首相として沖縄に来た年のことです。私は式典には参加しなくて、いつものように離れた場所でぼうっとしていました。お気に入りのクワディーサーの木があるんですよ。その下で飴玉を舐めながら、ちょっと小高い丘になっている場所がありましてね。そこから式典を眺めていたわけですよ。

しばらくすると、木にもたれていたせいか、うとうとし始めましてね。やがて子どもたちのコーラスが聞こえてきた。それが聞こえてきたら、だいたい終わりの始まり、献花をやっているからもうすぐ終わるのがわかる。でもおかしなことに、そこで眠ってしまいました。

うれー、なんでこんなに眠いのかねえと思いながら、遠くの式典の音をぼんやりきいているど、後ろのほうで私のような暇な老人が会話しているのが聞こえたんです。戦《いくさ》ヌチョールムン、ワーニンジティイカ（戦が来るから、もう行こうね）、と誰かが後ろで言った。びっくりして振り向いたら、誰もいないんですよ。そこには若い家族連れがおにぎりを食べておった。方言話す爺さんなどいないわけです。おかしいなあと思ってまた前を向いてうつらうつらしていると、今度はこんな声が聞こえる。

えー、チョンナーよ。チョンナー、チョンナー。

はっきりとした子どもの声でした。

その瞬間、その子どもが私の手を確かに握ったんです。

チョンナー、元気かや、と子どもが言いました。

びっくりして、立ち上がってしまったほどですよ。でも立ち上がっても、近くには誰もおらんわけです。でもなぜか、涙グヮーが流れてしまって、前も見えない。その間も、小さな子どもが私の手をそっと握っているわけです。

ああ、これは収容所で死んだ友達の一人かもしれないと思ったんです。そのころ遊び仲間がいっぱいいたわけです。でも名前も忘れてしまったが、一人の男の子が肺炎をこじらせて死んでしまったのは覚えている。その子とはよくキャッチボールとかしたもんです。ヤナワラバ（悪ガキ）でしたけど、あっという間に風邪を引いて、あっという間に死んでしまった。アメリカーからもらったプラスティックのボールと一緒に埋葬しました。

式典も終わりになるころ、その子どもの手は私の元をそっと離れて、丘を下っていきよったんですけど、それもなんとなくわかる。見えないけど、感覚でね、向こうに誰か待っているわけ。そこに帰っていきよったんですよ。

ただそれだけのお話です。怪談でも不思議な話でもないでしょう。こんなの、いつでも起こっていることですよ。それが沖縄って場所だからね。

ああ、チョンナーって言い方ですか、これはね、私の名前、知念の昔の呼び方なんですよ。おそらく後ろに座っていた家族連れにはわからない。もう使わないからね。誰も知らない。でもそれは知っていたんです。だから私の名前を呼んだ。チョンナーってね。だから懐かしいし、嬉しいわけですよ。

あのころはよくキャッチボールしたけど、今回も別の意味でキャッチボールした。投げられたから、あれからも毎年その場所に座って、言葉のキャッチボールをする。私はクワディーサーの根元に座って、こう呟くわけです。

「ニフェーデービタン（ありがとうね）」

すると、あれからクワディーサーがワサワサーしよるんです。

まるで子どもが笑っているみたいにね。

それだけの話ですよ。

こんなんでいいかね？

スーマンボースー

岩崎美恵さん家族は、東日本大震災のあと、那覇市に引っ越してきた。震災では家を失い、お坊さんだった父はお寺ごと流されて、結局遺体は発見できなかった。失意の中、沖縄に逃げるようにして引っ越してきたという。

最初は戸惑いと悲しみばかりであったが、地域のコミュニティの人たちがとても優しく接してくれたおかげで、その悲しみも徐々にではあるが薄らいできた。

そして震災から約二年経ったころのことである。

美恵さんの娘の八歳のあかりちゃんは、夜中におしっこに起きたときに、キッチンがぼうっと光っているのを発見した。

何だろうとキッチンに向かってみると、津波で行方不明の祖父が袈裟姿のまま、冷蔵庫の前に立っていた。

「あ、じいじのボーズだ!」

あかりちゃんは「お坊さんのおじいさん」という意味で、いつもこの言い方を使っていた。彼女は一目散に祖父に向かって走っていったが、じいじの姿は目の前で消えてなくなった。

祖父が消えてしまったので悲しくてキッチンで泣いていると、美恵さんがやってきて「どうしたの」と尋ねた。

じいじがそこに立っていて、こっちを見てたの、とあかりちゃんが言うと、美恵さんは目に一杯涙を溜めながら、優しくあかりちゃんを抱きしめた。


それからしばらくした梅雨のある日。近くの公民館の敬老会に呼ばれた岩崎家は、一人のお年寄りから、沖縄での梅雨の方言を教えてもらった。

「スーマンボースーっていうんだよ」と、あるお年寄りは教えてくれた。

「沖縄の梅雨はだいたい五月後半から六月前半のことを言うんだけどね、五月後半のことを『小満《しょうまん》』、六月前半のことを『芒種《ぼうしゅ》』と言って、『しょうまんぼうしゅ』がなまってスーマンボースーと言うようです。あかりちゃんはわかったかな？」

あかりちゃんは神妙な顔で頷いた。

どうやら小学生のあかりちゃんには、スーマンボースーが「すまん坊主」という風に聞こえたらしい。

すまん、坊主。

「死んだおじいちゃんに謝っているの？」とあかりちゃんは美恵さんに聞いた。

「そうじゃないわよ」と美恵さんは、涙を浮かべて彼女を抱きしめた。

「でもあかりは謝りたい」

「なんで？」

「あかりが生きていて、じいじが死んじゃったから」

美恵さんの瞳に涙が溢れてきた。

「それはね、謝ることじゃないのよ。むしろ感謝しないといけないことなの」

「どうして？　じいじはあかりたちの代わりに死んじゃったの？」

「そうじゃないよ」

美恵さんは涙で自分の娘の顔を見ることができなかった。

それからしばらくした、ある夜のこと。

あかりちゃんがトイレに行きたいというので、美恵さんも一緒に起きた。二人で手を繋いで部屋から出ると、キッチンの辺りがボウッと光っているのが見えた。冷蔵庫でも開いているのかしらと美恵さんが見ると、そこに死んだはずの父が袈裟姿で立っていた。

美恵さんは驚きのあまり心臓が止まりそうになり、あかりちゃんは逆に嬉しそうにこう言った。

「すまん、坊主！　じいじ、梅雨だよ、すまん坊主！」

父は映画の二重写しのようにぼんやりとして、捉えどころがない感じだったが、口元はなんだか笑っているように見えた。やがて二人の目の前で、父の姿は徐々に闇に溶け込んでいった。

それ以来、ぱたりと父の幽霊が出ることはなくなったという。

今でも岩崎家では、梅雨の時期になると、いつも父が家の中にいて、あかりちゃんと一緒に方言を口ずさんでいるのが、なんとなくわかるという。

すーまんぼーすー。

ごめんね、じいじ。

ありがとうね、じいじ。

スナックのビジュル

那覇市にあるスナックでの話である。そこの現在のママであるメイナさんが「怖い話はないけど、不思議な話だったら一つだけある」と語ってくれた話である。

その日は年が明けた最初の営業日、一月四日のことだった。

年明けということもあり、正月に行く場所のない常連の五十代以上のお客さんがちらほらやってくる程度で、全体的に暇な夜だった。その店を当時仕切っていた五十代のママもその日は親戚回りのため休みで、当時はまだ従業員だったメイナさんと同僚のミサキさんが取り仕切っていた。新年ということもあり、常連さんと一緒に楽しく飲みながら、夜は更けていった。

最後の常連さんが帰ったのが夜の二時。それから三十分、パタリと客足が途絶えた。両隣のカラオケの歌声もとまり、室内にはエアコンの音しか聞こえなくなった。

「ミサキ、もう閉めよっか」メイナさんが言った。

「そうね。じゃ最後に二人で乾杯しよ。今年もこのお店が繁盛しますように」

そして二人で泡盛を飲んで乾杯した。するといきなり玄関のドアが内側に開いて、上につけたカウベルの「カランコロン」という音が響き渡った。

見ると開いたドアの向こうに、一瞬外側を走るタクシーが目に入った。

だがドアは開いたものの、客は誰もいない。

二人は泡盛のグラスを持ったまま、客が現れるのをじっと待った。

やがてドアはゆっくりと閉まっていった。

自動ドアなんかではなかったので、内側にドアを開けるには、誰かが外から手でドアを押すか、内側から引っ張らなければならない。

だがそんな人影などは一切見えなかった。

「きしょくわるっ」ミサキさんがそう呟いた。

「早く閉めて帰ろ」メイナさんもそわそわしながらそう言った。

そこで二人はそそくさと店を片付けて、とりあえず電気だけは切って、すぐさま店を出た。そして鍵を閉め、急いでシャッターをガラガラと下ろした。

「きしょくわるっ」もう一度ミサキさんがそう呟いたのをメイナさんは今でもはっきり

と覚えている。

次の日のこと。

店を最初に開けたのはメイナさんだった。昨日のことはすっかり忘れていたメイナさんは、夕方五時半ぐらいにには店のシャッターを開けて、中に入った。

いつものように電気をつけた。

え?

視界の隅に何かあるのが分かったメイナさんは、驚きすぎて言葉に詰まってしまった。大きさが五十センチはあろうかと思われる縦長のゴツゴツした岩が一つ、壁際のソファーの上に鎮座していた。見た瞬間、メイナさんは「これはただの岩じゃない」と思ったという。

岩を見ながら、メイナさんは二十秒ほど凍りつき、やがてママに電話をかけた。

「ママ、ママ、お店に変な岩がある」

「岩ってどうしたのよ。何の話?」電話口に出たママも意味がわからなかった。

「結構大きい岩がソファの上に座ってる。これって持って来ました?」

「は？　岩なんか持ってこないわよ。何の話？」

「なんかその、いわゆる普通の岩じゃないみたい。いわゆるビジュル（霊石）てやつだと思う。いわゆるウタキによくあるやつ。いわゆる、いわゆる、そんなやつ」

電話口のメイナさんがただならぬ様子だったので、ママはタクシーを飛ばしてすぐ店にやってきた。

ところが、ママに店にやってきたときには、ビジュルの姿はもうなかった。

「岩はどこにやったの？」

「どこにもやりませんよお。さっき見たら消えちゃったんです」泣きそうな声でメイナさんが答えた。

その夜、メイナさんがふと常連さんたちにそのことを話したら、「探してみよう」ということになった。そして全員で店の中や裏の倉庫、トイレ、はたまた店の外側まで探し回った。

その結果、ひょんな場所でそれは見つかった。

店で見たのと同じような岩が、店の外、二十メートルほど離れた工事現場の中に鎮座していた。そこは古い店舗を取り潰して新しい雑居ビルを建てている現場で、ビジュルらしき岩は泥にまみれて現場の端のほうによけてあった。

メイナさんたちはそれをみんなで抱えて持って帰り、店の入口でホースで綺麗に洗ってやった。やはり店の中で見た同じ岩のように見えた。

「きっとこれは神様で、捨てられるのを嫌がって現れたに違いないわ。これ、店に置くからね」信心深いママはそう宣言した。

そしてソファの上に置いて、酒と塩をお供えして、その夜はスナックの鍵を閉めた。


ところが次の日、メイナさんが昼一時ごろ店に入ってみると、昨夜のビジュルは影も形もなかった。ただ店の前には昨夜ビジュルを洗ったホースと若干濡れた跡だけが残っていた。店内のソファーにもお供えした酒と塩がそのまま残されていた。

ママに電話を入れると、すぐに店にやってきたが、彼女にも心当たりがないという。

「どうして消えちゃったのかね。本当に不思議だね」

その夜もう一度周囲を探してみるも、どこにも痕跡すらなかった。


それから五年後の話である。店が終わって二次会で朝まで従業員と飲んでいるときに、ママはいきなり倒れて帰らぬ人となった。心臓発作であった。

後日葬式が行われ、四十九日のあと、ママの遺骨は南風原《はえばる》にある彼女の門中のお墓に葬られることになった。

メイナさんたち従業員も納骨に同行して、一緒に車で南風原のお墓に向かった。そこは丘陵地で丘の中腹あたりにママのお墓はあった。琉球石灰岩で出来た自然の階段を上っていくと、左手にコンクリート造りの大きなお墓があり、さらにその上に階段が続いていたので、メイナさんは帰り際、一人で上ってみたという。

古い石積みの墓があった。沖縄で言うところの古墓《ふるばか》である。現在はコンクリートで蓋をするが、そんなものがなかった時代には、石を積んでお墓の蓋をするのである。古墓にはこぶし大の石がたくさん積み上げられて、墓の入口がふさがれていた。コケと雑草が生え、長い年月誰も掃除をしていないようであった。

その古墓の横に、どこかで見たことのある岩が立っていた。

「ああっ！」

メイナさんにはすぐにそれが店に現れたビジュルであると確信したという。あきらかに墓とは別に祀られている感じだった。その後ミサキさんにも見せたが、確かに店に現れたビジュルと同じであるということで意見が一致した。

だがママの親戚の人に尋ねても、その上の古墓との関連はまったくわからなかった。それからずっとママのお墓参りにも行けていないので、その後ビジュルがまだそこにあるのかどうかはわからないという。

「ママを守ってたのか、あるいは偶然かわかりませんけどね、とにかくそんな話です。どこを調べても事実はわからなかったです」

その後メイナさんはママの親族の許可をもらい、この店をそのまま引き継いで現在に至るという。

今も店にビジュルが現れることはあるんですか、と尋ねるとメイナさんは笑ってこう言った。

「ありません」

それから小声でこう付け加えた。

「と、いうことにしています。それで十分ですよね?」

たぶん、それで十分なはずである。

どなたか、いらっしゃいませんか？

那覇市松山《まつやま》のスナックに勤務していたSさんは、一度こんな経験をした。

隣のテーブルで飲んでいた五十代の男性が急に気分が悪くなり、倒れてしまった。店内は一時騒然となった。ママが駆け寄ってきて、「救急車を呼びましょうか」と聞いている。すると男性はこう答えた。

「違う。ワシに必要なのは祓ってくれる人。誰か祓ってくれるタカウマリ（高い生まれのこと。霊能者）を呼んでくれ。ユタダーリ（同意味）してるキャバ嬢とかいないのか！」

この人はどうかしているお客さんだとSさんは思ったのだが、ママはそれを聞くと真面目な顔で店内に叫んだ。

「どなたかユタさんかタカウマリの人いませんか？　この人をお祓いできる人？」

すると奥にいた一人の若い男性が立ち上がり、ゆっくりとやってきて、倒れている男性の背中をポンポンと叩きながら、何か方言で叫びだした。

その瞬間、Sさんが見ている前で男性の耳から体長十センチくらいの裸の男性が飛び出して、店の奥へとサーっと走り去って行ってしまった。

男性はすぐに回復して元気になった。

その夜、店は何事もなかったように営業を続けたという。

守護神

記憶にある限り、それは小学校二年生の頃だった。

沖縄の離島に暮らしていた京子さんは、突然髪の毛を切ってはいけないと思うようになった。なぜか知らないが、髪の毛を切ると人生が終わってしまうような、そんな気がしたのである。だからそれから、髪の毛を切るということはなかった。

十五歳の時、島には高校がないので、本島の高校に通うことになり、京子さんは那覇の親戚の家に住むことになった。

島を出る日がやってきて、フェリーの周囲には親戚や幼馴染みや両親など、沢山の人が集まって見送りをしてくれた。

フェリーが島を出たので、一人船室の床の上で寝転がっていたら、いきなり「あんた、あんた」と呼ぶ声がした。半身を起き上がらせると、京子さんの横に知らないオバアが座っていた。

「あんたね、どうするね」とそのオバアが言った。

「どうするって、何をですか？」

「あんた、いつかまた島に帰ってくるね？　それとも島を捨てて、エーキンチュ（金持ち）になってワッター島（我が島）を忘れ去るのかい？」

「そんなこと言われても、まだ高校生ですし」京子さんはどぎまぎしてしまった。

「ふん、まあいいさあ」

オバアはそう言うと、そのまま一匹の真っ白な鳥になって、窓から飛び立っていってしまった。

バサバサバサ、という大きな翼が風を切る音だけが耳に残った。

京子さんはその時、自分はきっと夢を見ているのだと感じた。

だがそうではなかった。鳥に驚いた他の乗客がザワザワしだしたからだ。

その瞬間、何故だかはわからないが、「あ、私はもう髪の毛を切ってもいいんだ」と初めてそう思ったという。

那覇の親戚の家に着くと、その日のうちに京子さんは髪の毛を切った。

親戚の家には大きな仏壇があり、なぜか白鳥や鶴の置物がたくさん置かれてあった。

理由を聞くと、自分たちの家には代々守り神がいて、それが白鳥や鶴なのだという。

「すいません、単にそれだけの話なんです。オチはありません。それからは白鳥とかを見ると少し興奮したりするんですけど、それだけです。いつか誰かがこの話の正解を教えてくれるんでしょうか」

彼女は今年三十歳になり、旦那さんと娘と一緒に島に戻る。

一番の心配事は、自分の娘が五歳の頃から頑として、髪の毛を切らないと言い出したことだそうである。

ひ、ろ、ぴ

うるま市に住む山城さんがアルバイトで菊農家を手伝っていたときの話である。

市内の農家で働いていたのだが、畑のはずれに一箇所だけおかしな土地があった。少し勾配地にあるその畑には、なぜかバラやカスミソウなど農業や菊とは関係のない花だけが無造作に植えられていた。他の畑と比べると小さな畑であったので、彼らは「アタイグヮー（人間の額ほどの小さな畑）」とその場所を呼んでいた。その奥には肥料を入れてある倉庫があり、もっぱら保管用の場所として使われているようだった。

そんなある日のこと、サンジジャー（三時の茶。休憩時間）に農作業小屋でお茶を飲んでいると、先輩の嶺井《みねい》さんとボスの仲村さんが小声でおかしな話をしているのに気づいた。

「また出たって」

「そうそう。確かにその目で見よったたって言っている。どうしようもない」

「どうしようもないことはない。アッキサミヨー（信じられない）、あれはよ、まったくうちの土地とは関係ないことやっし」

「わかるよ、ヌシ（主）の言うことはわかる。でもいるものはどうしようもない」

「ムルワージー（凄く腹が立つ）。ムルワージーするやー」

はて二人は一体何の話をしているのだろうと、山城さんは質問を投げかけてみた。

「あのう、それって何の話ですか？」

「何の話ぃ？」仲村さんがすっとんきょうな声を張り上げた。「ユーリーよ、ユーリーが出るわけさ。ヤーは信じるね？」

「ユーリーってモノホンの幽霊ですか。一体どこに出るんです？」

誰も何も言わない。

「もしかしてそれってアタイグヮーですか？」

「アタトーン（当たり）……」仲村さんが神妙な顔つきで答えた。

そこで初めて山城さんはこんな話を聞いた。

今から十年ほど前、その勾配地の近くに有名な一軒のラブホテルがあった。どうやらそこで愛し合った後に女が殺されて、その畑に放置されていたという。それ以来畑にはショートカットの背の低い女性の幽霊が出るということだった。

「今日初めて聞きました」びっくりした山城さんが言った。

「だけども、出るわけよ」仲村さんが淡々と語った。

「それで、ユーリーは出て何をするんですか？」

「知らん。そんなことどうでもいい。山城、お前サンジジャー終わったら、アタイグヮーの倉庫から菊の肥料をとってきてちょうだい」

「そんな話を聞いた後にですか？　えー、ひどいやっさ」

「ひどい？　ああん、そんなことない。これは立派な仕事であるよ」仲村さんを始め、他のアルバイト連中もなんだかニヤつきながら話を聞いている。だが言われたことは仕事である。仕方がないのでサンジジャーが終わると、山城さんはおんぼろの軽トラックに乗って、一人で畑まで向かった。

山の傾斜地にあり、その日は冬曇りだったため、すでに四時近くで周囲は薄暗くなっていた。山城さんは軽トラを畑に乗り入れると、倉庫の前で降りた。

倉庫の錆びたドアを開けると、中から農薬のツンとくる臭気とかび臭さが混じったものが溢れ出てきた。山城さんは指示された農薬を順番に軽トラに積み込み、最後に倉庫のドアを閉めた。

と、立ち尽くす山城さんの背後に、人の気配がした。

おおお、やめてくれよ、こんな場所、こんな時間に。

山城さんは背筋にムカデが這ったようなおぞましい感触を覚えた。

でも車を運転するには振り向かないといけない。ようやく意を決して山城さんは振り向いた。

「うわぁ！」

と声に出してしまったが、そこにいたのは別のものだった。

畑の入口付近にボロボロの服を着た男性が立っていた。良かった、あいつかよ。山城さんは安堵で胸をなでおろし、手を振って相手に応えた。相手もすぐに手を挙げて近づいてきた。

この付近に住む浮浪者のベンさんだった。ベンさんはここからすぐ近くの所有者不明の放棄された農具小屋に住んでいる老人だった。ベンさんが近づいてくると必ず小一時間は出稼ぎの大阪時代に体験した昔話を聞かされ、最後には今夜の酒の小銭をせびられるのだが、それさえ今の山城さんには救いに思えた。

「こんなちゅこで、どーふる？　あたけぐわーな？」

半分歯が無いので聞き取りづらいが、要は「こんなとこで何している？　畑の用事かい」ということだった。

「そうそう、良かったさ。ベンさんに救われたー」

「ふくわれた？　はんで？」

そこで山城さんはベンさんに、雇い主から聞いた話をしてみた。

「最近、このあたりで女性の幽霊が出たという噂があって……」

するとベンさんは恐怖に目を見開いて、「ぐぇあーな」と声を漏らし、それからこう言った。

「ひろぴ」

「ヒロピ？」

ベンさんはしっかりした目つきで山城さんを見つめながら、もう一度ゆっくりとこう発音した。

「ひ、ろ、ぴい」

「ヒロピって何ね」

「あうん、ひろぴじゃない。ひろぴ」

「だからひろぴって言ってるさ」

「ああうん、違う違う。ひ、ろ、みぃ」

「ヒロミ?」

「ダーダー(その通り)」

「ヒロミって誰ね。郷?」

「違う違う。ふてられた、おんな」

そうベンさんから言われて、理解するのに二秒ほどかかったが、その言葉の意味に山城さんは凍りついた。

「えーちょっと待ってよ。その捨てられた女の名前が、ヒロミっていうの?」

ベンさんは目を見開いたまま激しく頷いた。

またぞろムカデが背中を這うような感覚が山城さんを襲った。

「ベンさんはそれ、見たの?」

ベンさんは目を見開いたまま、話しだした。

「ちょっとばえ、かりばたのおじいといっちゃに、みた」

少し前、狩俣《かりまた》のオジイと一緒に、見た。

確かにそう聞こえた。狩俣のオジイはすぐ先に住んでいる別の農家である。

「えー、またまた、ベンさん俺を怖がらせようとしてるでしょ。わかるさあ」

「ああうん、ああうん、違う違う」

そう言ってから、急にベンさんはきびすを返して畑から出て行ってしまった。

「ええい、ちょっと待ってよ、どうして急に出て行ってしまうわけ?」

そう呼びかけてもベンさんは答えず、そのままスタスタと道を歩いていってしまった。

どこかでカラスが一羽鳴いている。血のように赤い夕暮れがすぐそこに迫っていた。

「帰ろ」

山城さんはそう呟くと、いそいそと軽トラに乗り込み、エンジンを回した。車を畑の中でUターンさせてから農道に出して、そのまま進んだ。そこでふとバックミラーを見た。

山城さんはあまりのことにびっくりして急ブレーキをかけた。

古いミッション車なのでそのままガクンとエンストしてしまった。

今までそこにいなかったはずのベージュ色のビジネススーツを着たショートカットの女性が、畑の入口にすとんと立っていた。そして軽トラのほうを向き、何かぶつぶつと呟いているのがわかった。

　山城さんは無我夢中でエンジンを掛けなおし、そのままフルアクセルで農道を突っ走ったという。

ヌンドゥンチ

アタイグヮーの畑について、こんな話も残っている。

その近くに住む狩俣さんという男性が、今から四十年ほど前に実家を新築した。そこで地域の伝統にのっとってヒージャー（ヤギ）を一頭つぶすことになった。つぶすというのは文字通り殺してから食するのである。沖縄では新築祝いではヤギもしくは豚を丸ごと一頭つぶして、親戚や集落の知り合いに振舞う。そこでまだ若かった狩俣さんは、父親と一緒に実家の庭でヒージャーをつぶすことになった。だがいざヒージャーをそこで殺そうという段取りになったとき、親戚の小さい子どもたちが庭で遊び始めた。

そこで狩俣さんのお父さんは、息子とヒージャーを連れて家から出て、しばらく歩いた場所にある空き地へと向かった。そこがアタイグヮーの畑であった。

狩俣さんたちはとりあえず空き地に転がっていた岩にヒージャーのロープを結びつけ、父親が鉈《なた》を持った。

「良く見ておけ」と父親が言った。

次の瞬間、鉈が振り下ろされる前に、ヒージャーが鳴いた。

「イヤアアアアア」と、今までに聞いたことの無い悲痛な声で嘶《いなな》いたという。

「ああ？　お前、聞いたか？」父親が血相を変えてそう言った。

「いやだって聞こえた」狩俣さんもそう言った。

するとヒージャーはまた、人間のような声でこう叫んだという。

「ヤアメエテエエ」

それを聞いて父親は鉈を地面に落として、こう呟いた。

「こいつは、何のつもりか？」

狩俣さんはそれを見て、一気にヒージャーを殺すのも食べるのも嫌になってしまった。

「ねえねえ、お父さん。やめない？」

「何をだ。つぶさないと食べるものがないよ」

「でもこれは殺したら嫌だって言ってるし」

「いやそんなことはない。ヒージャーは言葉を喋らない。鳴き声がそう聞こえるだけだ」

イヤアアアアア、とヒージャーがまたはっきりと喋った。

「つぶす気が失せる」

父親はしばらく鉈を持って考えていたが、やがてヒージャーを連れて家に戻った。

良かった。もう二度とお前を食べようとは思わないからね。

小さかった狩俣さんは、ヒージャーの頭を撫でながらそう思った。そして父親は家に戻ると、ヒージャーをヒージャー小屋に繋ぎなおした。狩俣さんはほっと胸を撫で下ろしながら家に入った。

ところがそれから三時間後、夕食の時間になると、なぜか食卓には次のようなものが並んでいた。

ヒージャー汁。

ヒージャーの刺身。

ヒージャーのバーベキュー焼き。

驚いた狩俣さんは急いでヒージャー小屋に向かった。するとさきほど繋ぎなおした場所にヒージャーはすでにいない。狩俣さんはショックで気を失いそうになった。そして怒り心頭になり、庭でヒージャーをつぶした直後の父親に体当たりをした。二人はしばらく格闘していたが、やがて家族に止められて、狩俣さんはそのまま大泣きして、二階の部屋にこもってしまった。

庭からは楽しそうなヒージャーパーリー（パーティーの方言）の音が聞こえてくる。だが一度感情移入してしまったヒージャーが殺されてしまった狩俣さんは悲しくて悲しくてしようがない。その夜は一晩中泣きはらしたという。


それから次の夜が来た。まだヒージャーの恨みは狩俣さんの中にくすぶったままだった。悶々とした気持ちで眠れない夜を過ごしていると、庭のほうから鳴き声がする。

メエエエエ。

あれは、もしかして。

狩俣家にはもう別のヒージャーはいないはずであった。布団から飛び起きた狩俣さんは、カーテンの隙間から夜の庭を見た。

月明かりに照らされて一頭のヒージャーがいた。なぜか首に白い紐をつけている。まるで先日つぶしたヒージャーにそっくりだった。そのヒージャーに誘われるようにして家から出た狩俣さんは、家の前の道路にたたずむヒージャーと目が合った。

こっちに来て。

ヒージャーが小さなささやくような声でそう言った。そして真夜中の道路を音もなく歩いていく。

待ってよ。

狩俣さんもサンダル履きのまま、とにかく後をついていく。夜空には満月が煌々と輝き、その横をシロアリが群れをなして飛び、それを食べようとコウモリが懸命に後を追いかけてゆく。ヒージャーはそのままアタイグヮーの畑の中に入っていった。狩俣さんも畑の中に入ったが、暗かったせいか、すぐにヒージャーを見失ってしまった。

おいでよ、どこにいるの。

狩俣さんは小さな声でヒージャーを呼んだ。

すると目の前で何かが光っていた。懐中電灯の光よりも強く、月明かりのようにそれは輝いていたという。それは真っ白な着物を着て、頭に蔓草《つるくさ》で編んだ冠のようなものをつけている髪の長い女性だった。

しかも全身ずぶ濡れであった。着物の端から水滴を滴らせているのがはっきりと見えた。

狩俣さんはその女性を見ると急に恐怖を感じて、あとずさりした。そしてそのまま畑から出ると、一目散に家に向かって走っていった。

部屋に戻ると、そのまま布団をかぶってガタガタと震えながら過ごした。


次の日の朝、狩俣さんは高熱を出して寝込んでしまった。

中部の病院に連れて行くも原因がわからない。しかし一向に熱が下がる様子はなく、医者も入院させて点滴させてはどうかと言い出した。そこで三日目の夜に枕元に母親がやってきて、狩俣さんにこんなことを聞いた。

「あんたさ、これは風邪じゃないだろう。何かおかしなことをしなかったかい？　何かに障られている（祟られている）気がするよ」

そう言われて、仕方なく狩俣さんは夜中にヒージャーに連れられて畑に行った話をした。それを聞いた母親は、すぐに塩を持ってきて狩俣さんの口の中に摺りこむようにして入れた。

「あんたはかかられているよ。もう二度と夜中にあんな場所にいかんでちょうだい」

「あの場所に何があるの？」

「あそこはヌンドゥンチ（ノロ殿内）といって、昔集落のノロ（祭祀をつかさどる女性）が住んでいたけど、城のお侍に恋をしてしまって、でもノロは結婚できなかったから二人は結ばれなかったわけさ。最後は近くの川で入水自殺してしまったって話だよ。もう二度とあそこでヒージャーをつぶさないようにしないとねえ」

それから狩俣さんの高熱はスーッと引いていったという。

地頭火神

ベンさんはいつも耳鳴りがする。年のせいだろうか、いや違う。

若い頃からベンさんはいつも耳鳴りがしていた。

その昔、ベンさんは集落のはずれに小さな土地を持っていた。復帰前に沖縄を出て、大阪で商売が成功し、帰ってきてからそのお金で自分の生まれた古い家を建て替えた。ところがそれからお金をぜんぶギャンブルで使い果たし、抵当に入っていた家を失った。ほとんど一文無しになってしまったベンさんは、友人から借金をして、今度は個人タクシーの運転手を始めた。その時も耳鳴りが頻繁にしていたが、あまり気にしなかった。それから一時期は会社を興し、車を五台所有するまでになったが、ギャンブル癖が再発して、自己破産。家族も会社も崩壊し、いつのまにか生まれ育った集落でホームレスの生活をするようになった。周囲は親戚が多かったので、食事などは分け与えてもらっていたが、しばらくすると所有者のいない廃墟に住み着き、そこが彼のついの住処となった。

ベンさんはそれでもいろいろと重宝された。菊農家のところやサトウキビの収穫には必ず駆り出され、それなりのお金が支払われると、それらをすべて酒に費やした。いつのまにか歯茎が病気になり、ほとんどの歯が抜け落ちても、酒だけは決して欠かさなかった。酒は薬であり、ベンさんの水分補給の源であった。

そしてベンさんは毎日のように耳鳴りに悩まされた。耳鳴りのするポイントというのがあって、そのひとつに集落のはずれにある地頭火神《じとうひぬかん》という場所があった。

火神というのは沖縄の古い家庭などには必ずあって、神様とコミュニケーションを取る、いわば端末のようなものである。その前で喋ったことは全部神様に通じるし、火神の前では決して他者を呪ったりしてはいけないと言われていた。そのフツ（言葉）が神様に通じ、様々な災いが起こらないとも限らないからである。

その家庭にある火神が端末だとして、パソコンのプロバイダーに当たるのが、地頭火神と呼ばれるものである。それらは昔の集落には必ず一箇所は存在しており、集落の火神で行われた祈りをまとめて神様に届ける場所だと言われていた。

だがベンさんはその地頭火神に行くと、必ず耳鳴りと頭痛がするのである。

だから日常生活ではその場所を避けていた。だが時折、誰かがベンさんを地頭火神に呼ぶのである。

「あーわしょんなそころにはいりあくあいやっさ（わたしはそんなところには行きたくない）」と口に出してみるものの、歯がないので正確に発音することも出来ず、知らないうちに足が地頭火神に向かっていることもしょっちゅうだった。

その日もベンさんは、ある農家からサトウキビの収穫を手伝ってくれと言われていたのだが、いざ家を出ると足がその農家には向かない。

回れ右。

そのまま地頭火神にまっしぐら。

「いかたい、いかたい（行かない、行かない）」と口に出して断ってはみるものの、そんなことで効く相手ではない。

結局地頭火神の拝所まで歩かされた。

周囲を一メートルくらいの石垣で囲まれた空間の中に、昭和初期に作られたコンクリートの祠が鎮座している。祠の中には合計三個の石がご神体として祀られていた。

その時ベンさんの頭の中に、嫌な言葉が湧いてきた。

「お前、お前、お前」と声が言った。

「あいえーあ！　あいえーあ！（アイエーナ＝なんてこった）」とベンさんは声を漏らした。

「アタイグヮーの畑に行け。女を救え」

「あいえーあ！」

「女を救え」

「あいえーあ！」

キーンという激しい耳鳴りがした。思わず手で両耳を塞ぐ。それでも耳鳴りは止まない。しばらくすると足が再び動き出す。行きたくない場所に向かっているのがわかる。アタイグヮーの畑である。あの場所でベンさんは今までに何度も耳鳴りに襲われたし、恐ろしい黒い影が死んだ犬を食べているのも見たことがあった。だから正直あんな場所に連れて行かれるのは嫌だった。いああ、いああ（嫌だ、嫌だ）。そう言ってみるも、相手にはまったく効力がない。やがて気がつくと、アタイグヮーの前にいた。

白いセダンがいきなり速度を上げて立ち去っていくところだった。

ベンさんはタクシー運転手をしていたせいで、車の車種とナンバープレートを覚えるのが得意だった。それはすぐに彼の記憶の残滓にまぎれて残った。

アタイグヮーの中を見ると、ベージュ色のビジネススーツを着た若い女性がぐったりして倒れているのが見えた。

「あいえーあ！」とベンさんは呟いた。

急いで女性の元に駆け寄ると、どうやら息はしていない。

「あいへいあ！（大変だ！）」

ベンさんは近くの狩俣さんの家に駆け込んだ。

「あいああ、あーごえ、おーあおいあいあ、あーう！（大変だ、あそこに、女の死体が、ある！）」

狩俣さんがその言葉を理解するのに三分はかかった。

やがて警察と救急がやってきたが、残念ながら女性は既に亡くなっていた。ベンさんはすぐに紙とボールペンを狩俣さんから借りて、車の車種とナンバープレートを書き留めて警察官に渡した。


すぐに犯人は検挙されたという。

どうしてあの場所を通ったのか、と警察官から問われて、純粋なベンさんは紙にこう書いた。

「地頭火神がわたしを呼んだ。礼は火神に」

地頭火神から呼ばれたのか、と警察官が聞いた。

ベンさんは頷いて、こう書いたという。

「私の人生は、ぜんぶ、神様のもの」


酒がなければなあ、と集落の人々は言う。

とても善良な人間だし、会社を興して人を雇っているときには、それなりにちゃんとした人間だった、とも。だが酒が彼の人生を狂わし、すべてを奪ったのだと。

だが同時に、こうも言うのである。

「ベンさんには神様が付いている。人間が見捨てても、彼の近くにはいつも酒がある。あれはきっと、神ダーリしているからに違いない」

ベンさんは今日も集落の中をさまよっている。

大阪時代の話を聞くか。

タクシー会社を興していた時期の話を聞くか。

それとも。

「ひろぴ?」

シーシクエーモー

まだ嶺井《みねい》さんが若かったときの話である。

嶺井さんはサトウキビ農家で働いていた。車といえば父親から譲ってもらったボロボロの軽トラで、その頃付き合っていたミサキさんという女性とも、それで沖縄の端から端まで一緒に出かけたりしていた。

ある夜のこと、二人は車の中でキスをしていたが、若さゆえの貧乏でラブホテルに行く金もない。そこで人気のない場所に行こうとミサキさんが言い出した。

「いいよ、どこに行く?」と嶺井さんが言った。

「あそこ行こう。アタイグヮー。ほら狩俣さんちの近くの」

「オッケー。わたくしはミサキさんのためならどこでも行きましょう」

ふざけてそう言いながら、嶺井さんは車をすぐさまアタイグヮーへと向けた。

畑の奥に車を乗り入れ、エンジンを消して、そのまま二人は抱擁を始めた。

と、嶺井さんはいきなりキーンという耳鳴りがしだした。

まるで体験したことのないような強烈な音だった。

「ジェット戦闘機？」嶺井さんは思わず車の窓を開けてそう言った。

「どうしたの？」

「耳鳴りがするやっさ。シニ（凄く）でかい音」

「ジェット戦闘機なんか飛んでいないよ」

「うわー、頭が割れる！」

キーンという音は嶺井さんの頭の中でグルグル回りながら、平衡感覚をおかしくさせて吐き気を催させた。そのうちに車のシートに座っていられなくなり、自分でドアを開けてアタイグヮーの畑の上にドサッと落ちて横になった。

「ねえねえ大丈夫なの？」

ミサキさんが必死に呼びかけるも、嶺井さんの意識は次第に遠のいていく。嶺井さんは自分の血流の音がドクンドクンと脈打つのを聞いていた。そしてやむことのない耳鳴りは激しさを増していく。もうダメだ。救急車を呼んでくれ。嶺井さんはそう言いたかったが言葉すら発音できない。口からは意に反して「うがうが」という声しか出てこない。

怖くなったミサキさんは、すぐに実家に電話を掛けた。

「ねえねえお母さん、嶺井くんが様子がおかしいの。狩俣さんちの近くのアタイグヮーで話をしてたら、いきなり耳鳴りがするっていって倒れちゃったの。ねえねえどうしよう！」

それを電話の向こうで聞いていたのは、ミサキさんのお母さんである聡子さんである。彼女はその集落のユタだった。

「あんたたちは、どうして夜中にそんな場所に行くんだい？」電話口の母親は怒り心頭だった。そしてすぐ行くと伝え、電話を切った。


五分もしないうちに、聡子さんと旦那さんが車で駆けつけた。手には泡盛の瓶と荒塩を持っている。

とりあえず泡盛を染み込ませたハンカチで嶺井さんの顔や肩を拭いた。それから塩を舐めさせ、身体にも振りかけた。しばらくすると意識が戻ってきたので、軽トラは旦那さんに運転させ、とりあえず聡子さんの車で嶺井さんたちを運んだ。

嶺井さんは家に戻ると聡子さんに背中を何度も叩かれて、ようやく回復しだした。嶺井さんが次第に元気になってきたので、彼の家の広間に嶺井さんの家族を含めて集落のもの二十人ほどが集められた。

そこで聡子さんは、こんな話を始めた。

「あのよ、アタイグヮーの畑には近づいてはいけないよ。わかるね、なんでか?」

「大昔のノロが情死した場所だからね?」嶺井さんのお母さんがそう言った。

「それもある。でもそれだけじゃない。あそこは別名シーシクェーモーと言っていた。意味はシーシ(獅子。シーサーのこと)が人を食べる場所って意味さ。あそこにいるのは実はシーシではなくて、何かごっついものがいるよ。それがエネルギーが欲しいわけさ。だからあそこでは昔からヒージャーつぶしたり、牛とか豚を殺す場所だったろう?みんなそいつの食事になるわけさ。肉を食うわけじゃなくて、マブイ(魂)を食べるんだよ。それがいる。昔のノロさんがおかしくなったのも、きっと彼女のせいじゃない。そいつが彼女を狂わせたんだよ。そして今夜はシーシクェーモーが新しい血を欲しいと言っている。最近はヒージャーをつぶすこともなくなっただろ。いけにえが欲しいわけさ。まったくもって黠い奴よ—

「それって祓えないの?」ミサキさんが尋ねた。

「できん」と聡子さんは語った。「それをしたら、私が死ぬ。しかも今夜はきっと何かがあそこにおびき寄せられて、食われるはず。恐ろしいことだよ。誰も近づいてはいけないよ」

話を終えた聡子さんは、ゲーンと呼ばれるススキの茎を三本束ねた魔除けを作り、それで嶺井さんとミサキさんの両方の背中を叩いたという。おそらく一人三十分は叩かれたという。


この話を締めくくるのは、その夜に起きた事件である。

近くにあるラブホテルで愛し合った二人が、その後口論となり、男は女の首を絞めて殺害。ラブホテルから遺体を運び出した男は、なぜか畑の中を進んで、アタイグヮーの中に遺棄して立ち去った。

立ち去ろうという瞬間に、地頭火神に呼び出しを食らったベンさんがそれを見つけて、近くの狩俣さんに警察に通報させたのだ。

犯人の男性は那覇から来ていたそうだが、すぐに特定されて、検挙された。

嶺井さんがあとで聞いた話によると、警察が「どうしてお前は死体を遺棄するのにあの場所を選んだのだ」という問いに対して、犯人はこんな答えを喋ったという。

「なんか、彼女の首を絞めたのもあんまり覚えていなくて。気がついたらあの畑にいました。その間のことはまったく覚えていません」

アタイグヮーにはきっと何かがいるに違いない。

そして今も、それはいるのである。

古民家の屋根裏には

本土からの移住者である橋本さんが借りたのは、北部にある古民家である。

将来的にはここを買い取って、おしゃれなカフェか民宿でも開こうと思っていた。借りて半年で奥さんと子どもを本土から呼び寄せ、将来に対する準備は着々と進んでいた。

ある夜中のこと、一人で仕事をしていると、天井から何やら音がした。

ゴト。

ゴト。

ドタン。

なんだろ、猫でもいるのかな。橋本さんは気になって耳を澄ませてみたが、それ以上音はしなかった。

また別の夜、橋本さんと子どもがテレビを見ていると、天井から規則的な音が聞こえてきた。

ドンドンドンドン。

次第に遠ざかっていくそれは、どう考えても猫か何かの獣のようだった。あるいは子どもの足音のようにも聞こえた。

びっくりした橋本さんは、押入れの天井の板を外して、天井裏を確かめることにした。懐中電灯を持って内部を照らすと、埃っぽい匂いが鼻をついた。そして屋根裏の端のほうに、変なものを見つけた。

それは木彫りの仏像だった。後ろを向き、橋本さんの覗いている場所から三メートルぐらい離れたところに置かれている。

だがその場所に行くのは難しそうだった。なぜなら天井には板一枚しか敷かれておらず、大人が乗ったら壊れてしまいそうだった。

「なにかあるの?」と奥さんが聞いた。

「仏像だよ。観音様とかじゃないか」そう橋本さんは答えた。

「ええー、マジなの?」

「マジマジ」

「いやだわ。この家ってなにかあるのかな?」

「別に。お守りで置いてあるんだろ」

仏像の後ろにある造りこまれた意匠の光背に、かすかに金箔らしきものが貼られているのが光の反射で見て取れた。

これはきっとこの家を守護してくれるに違いない。橋本さんはなぜかそう感じた。

家族をお守りください。そう心の中で念じた。そしてゆっくりと天井裏に通じる板を閉めた。

それから二日後のことである。

橋本さんが夜中にパソコンを開いていると、再び激しい物音がした。

ドタン。

バタン。

その音があまりにもリアルすぎたので、橋本さんはすぐに懐中電灯を手にして押入れから天井裏を覗いてみた。

すると、くだんの仏像がこの前とは違い、こちらを向いていた。

その顔は観音様というよりも、鬼面のような表情をしていた。いきなり仏像と目が合ってしまった橋本さんはびっくりして押入れから転げ落ちてしまった。

後日、大家さんにそのことを尋ねると、まったく心当たりがないという。そこで昼間、六十代の男性の大家さん立合いのもと、天井裏を覗くことになった。

すると、確かに仏像はあったのだが、それを見た橋本さんはショックのあまり悲鳴を上げてしまった。

首がない。

いったいどこにいったのだ？

取れてどこかに転がったのかと思ったが、いくら探しても見える範囲に首はない。

大家さんは天井裏に長い棒のようなものを持ち込んで、それでどうにか仏像を回収した。念入りに探したのだが、それでも仏像の首は見つからなかった。これはお寺さんに頼んで供養してもらいましょうね、と大家さんはボソリと呟いて、それを持ち帰った。


それから二日後のことである。

大家さんが神妙な顔つきで戻ってきた。

「橋本さんよ、これ、ダメっぽいであるさ」

「ダメっぽいってなんですか？」

大家さんの手を見ると、先日の仏像らしきものが風呂敷にくるまれていた。

「どうしたんですか？」

「それが……聞かんでくれ。ただこれを元の場所に置いて欲しい」

「また天井裏に？」

「そうそう」

「誰かに見せたんですか？」

　大家さんは何も言わなかった。橋本さんがいくら聞いても、ウンともスンとも言わない。それで仕方なく首のない仏像を天井裏に戻した。


　それから半年後の大雨の日、橋本さんが外出から戻ると、なぜかパソコンテーブルの上にくだんの首なしの仏像がひっそりと置かれていた。家族に聞いても、誰もそんなことしていないという。

　仏像は雨に濡れたかのようにびしょびしょで、しずくがパソコンテーブルから床の上に滴っていた。

　なぜかその瞬間、橋本さんには誰かがクスクス笑っているような、そんな感覚が入ってきたという。すぐに子どもを見たが、子どもは恐ろしさで固まってしまっている。奥さんもそうだった。誰も笑ってなどいなかった。

クスクス。

クスクス。

それからすぐに橋本さんは那覇市に物件を見つけて、引っ越しを決めた。

ヤーヌバン

崎原《さきはら》さんの家は首里の大通りから少し中に入った場所にあった。

そんな崎原さんの家にまつわるお話である。

昭和の終わり頃のこと。老朽化した一軒家を取り壊して、そこにアパートを建てることになった。崎原さんの家は木造で、戦後すぐ建てられた商店の建物だった。

取り壊しの日、狭い路地に小型重機を入れて、あっと言う間に木造家屋は埃と共に解体されてしまった。

ところが、解体が終わってみると、重機の運転をしていた者や現場の職人たちが集まってヒソヒソと話をしている。気になった崎原さんは作業員の一人に聞いてみた。

「何か問題でもあったんですかね？」

すると作業員の一人が逆にこんなことを聞いてきた。

「中肉中背、身長は一五〇センチくらいで坊主頭、しかも素っ裸の少年に心当たりありますか？」

「……ありません」

すると作業員は押し黙ってしまった。他の作業員も視線を合わせないようにわざとらしくうつむいている。

「裸の少年が……なにか？」

話を聞くと、こんなことがあったそうである。

解体作業をしていると、視線の端に素っ裸で坊主頭の少年が現れて、まるでかくれんぼをするかのようにチョロチョロと顔を出したりした。作業員の一人が追い出そうとしても、まるでそこにいないかのように姿が突然消え、建物の反対側に現れたりした。そのせいで作業は何度も中断したのだが、骨組みがほとんど壊されてしまった時に、その少年がいきなり重機の下から現れて、大きな声で「アンマーよ！（お母さん）」と泣きながら走り出した。作業員の一人が通りまで出て追いかけたが、辺りは夕暮れに沈み、暗闇にまぎれて消えてしまったという。

「誰かわかりますか」

現場監督がそう聞いてきたので、崎原さんはこう答えた。

「さっぱり……」

それから月日は流れて平成に入った頃のこと。

曽祖父が亡くなり、そのお葬式で近くの首里観音堂に親戚一同が集まった。その時に一門のことなどをよく知る事情通のオバアがいたので聞いてみると、いつのまにか前の家を解体した時の話になった。

「そういえば家を壊したときに、素っ裸の中学生ぐらいの男の子が現れて、『アンマーよ！』って叫びながら消えたって話を工事関係者がしていて、気味悪かったですね」

崎原さんがそう話を切り出すと、オバアが言った。

「ハッシェ！　イチデージナトーン！（それは一大事だ）」

それで親戚五人ほどで首里観音堂から崎原さんのアパートまで戻り、酒と米をアパートの角にお供えしたという。

「オバア、あれって何ですかね。先祖か何か？」

崎原さんがそう聞くとオバアは答えた。

「あれ、ヤーヌバンよ。ヤーヌバン」

崎原さんはまったく意味がわからなかった。ヤーヌバンとは方言で留守番のことである。

「え、あの坊主頭の少年が我が家の留守番ってことですか」

「そうよ、ヤーヌバン。ヤーヌバン」

オバアはそれ以上詳しく語ってはくれなかった。それから半年後にそのオバアも亡くなり、ヤーヌバンの意味はそれ以上わからなかった。

その後、オバアの娘さんからこんな話を聞いた。

沖縄戦当時、このあたりも激しい戦火のため消失してしまった。崎原さんより二代前の祖父にあたる人物で、賢勇《けんゆう》という名前の十五歳くらいの子どもがいたという。娘さんが聞いた話だと、賢勇少年は家の近くで被弾し、体中を大火傷しながら実家までたどり着き、そこで「アンマー」と言い残して亡くなっているという。

ああ、もしかしたらあれはうちの叔父にあたる人物なのかもしれない。崎原さんはそう思ったが、どうしても一つだけ解せないことがあった。

どうしてオバアはあの少年のことをヤーヌバンと呼んだのだろうか。

母親に聞いてもその叔父さんとヤーヌバンの関係がわからなかった。

そこで崎原さんはその日から、何かに取り憑かれたように賢勇叔父のことを調べる決心をした。遠くは今帰仁村に引っ越した直系の親戚などを回り、徹底的に聞き込み調査をした。すると一つのことがわかったのである。

賢勇叔父は戦時中に確かにこの場所で亡くなったのだが、戦時中ゆえちゃんと埋葬されることはなかった。話をまとめると、あの日オバアが酒と米をお供えしたアパートの角付近に埋葬されたようだった。またそのオバアが十歳まで崎原さんの家で暮らしていたこともわかった。

だがわかったのはこれくらいであった。

「おそらくオバアは、賢勇叔父が家を守ってくれているということでヤーヌバンと呼んだのだと思います。あれから叔父であろう裸の少年は現れていませんし、話としてはこれだけなんですが、今でも賢勇叔父は我が家を守ってくれている、立派なヤーヌバンだという気がしていますね」

崎原さんは今でも機会があれば親戚縁者などをあたり、賢勇叔父のことについて一つでも多く調べて残しておこうとメモを取っているという。

郵便渠気字

大里《おおざと》さんは妙な景色を覚えている。

奥武島《おうじま》へ幼少の頃、親に連れられて遊びに行ったという。奥武島は南城《なんじょう》市にある小橋で渡れる小さな島だ。大里さんが親に連れて行かれたのは、近所に住んでいたアメリカ軍人の家のプールで遊んでいたとき、親戚のだれだれが来たので奥武島へ行こうと親が言って、それでしぶしぶ軍人の家を出たのが記憶にあるという。

車に乗って奥武島へ行ったのだが、車を漁港のそばに停めて、それから両親と親戚と島内をぐるぐると回った。子どもにしては高い石垣と巨大な木々が茂っていたのを覚えている。しばらく歩いていると、大里さんは一人で探検したいと思い、大人たちから離れた。どうせ狭い島だし、迷子になることがないのは幼い大里さんにもわかっていた。それでしばらく歩いていると、石垣の間をぬって少し開けた場所に出た。

そこには一本のガジュマルが聳《そび》え立っていたが、まるで樹齢千年は経っているかのような巨大さだった。

幹の部分にはなんと郵便局が収まっていたという。店舗そのものが樹木に溶けて固められたような感じで、木製のドアだったがガラスがはめ込んであり、中も見渡せた。

わあ、素敵な場所だ！

大里さんはすぐに木製の引き戸をガラガラと開けて、郵便局の中に入った。

中は冷房が効いて涼しかった。大里さんは待合の椅子にちょこんと座ると、そこにあった雑誌をぱらぱらとめくった。

当時の両親が購読していたオキナワグラフという雑誌があった。しかし家にあるオキナワグラフとは表紙が違っていた。見たこともない外国の断崖絶壁の風景が表紙にあった。それで年号を見ると、２６９８８８年号とかいうわけのわからない数字が書かれていた。

しばらくぼうっとしていると、カウンターの向こうから若い女性が一人大里さんのところにやってきた。

「ニーニー（お兄ちゃん）、どこから来たの？」

「南風原」住んでいる場所をそのまま喋った。

「ここは来ちゃいけないよねー。お仕事の邪魔になるから、帰りなさい」

そうして女性に連れられて郵便局の外に出た。

ふと振り返ると看板があり、こんな字が書かれていた。

「郵便渠気字」

なぜそんな文字を覚えているかと言うと、郵便、のあとの「渠」は親戚のオジイの名前「仲村渠《なかんだかり》」の渠、「気」は習ったばかりの漢字、「字」は字《あざ》という住所の中の漢字だったからだ。

それでしばらく巨大なガジュマルを眺めながらぼうっとしていると、道の反対側にあった商店から、黒い背広を着た男性が現れた。なんだか違和感を覚えながら見ていると、男性の左腕がなかった。背広の袖は空洞だった。

男性は縁のないメガネをかけていたが、恐ろしいことに黄色い目をしていた。

やがて商店の扉がガラガラと開いて、別のものが出てきた。

真っ黒な煙のような人型のモノだった。

黄色い目の片腕の男と煙の人型は、ゆっくりとした足取りで並んで歩いて行った。

なんだか恐くなった大里さんは元来た道をひた走り、ようやく家族の下に帰ることができた。

ところがおかしなことに、あとでいくらその道をたどっても、巨大なガジュマルの幹に作られた郵便局にはたどり着くことができなかった。両親に「郵便渠気字」という字を書いて見せても、「またお前の作り話か」と相手にされなかった。

今でも奥武島に寄った際には集落の中を歩いてみるというが、あのおかしな表記の郵便局もガジュマルの木も、決して見つけられないままだ。

死者は踊る

神人《かみんちゅ》の真栄城カメオバアの家には、巨大としかいいようがない仏壇が壁一面にしつらえられている。そもそも真栄城さんの家系は、代々視える人の家系だった。家系図をたどると、首里城でキコエオオキミに仕えていたノロの一人や、三仁相《さんじんそう》と呼ばれる占い師であったり、ユタや集落のノロなどが沢山いた。そしてカメオバアの曾祖母は集落の最後のノロと呼ばれ、ウタキなどの祀り事をすべて取り仕切っていた人物でもあった。

「いつでも神様と人に尽くしてきたのがうちの家系です。ですが私の代になってそれが終わりを告げると知らされました。あなたはもう人のことはいい。人を助けたり悩みを聞く場合は、私が許可したものだけにするようにと、後ろの神様からお達しを受けたんです。神人の仕事は、神様がどこそこへいけと言ったらその場所に行く、そして言われたとおりのお祈りをしてから、また別の場所で拝むんです。それを繰り返すんです。文字通り神さまに仕える人です。私から言わせれば、神人を名乗っている人が占いで五万も六万もお金を取るのは、それは神人の使命を果たしていないって思いますよ」

カメオバアは齢七十を超えて、ますます元気であった。いろんなところから呼ばれるので、そのたびに幾多の車検をくぐり抜けて来た軽自動車で、沖縄各地を回っているという。

あるときカメオバアは、とある集落に呼ばれた。

そこに同級生の和男さんという男性ユタがいて、ある日電話でこんなことを言われた。

「あのよ、集落の中なんだけど、夜中になったら真っ黒い服を着た人々が、自分の首を大事そうに抱えてから、踊るわけさ。どうするべき?」

「どうするべきって、あんた。あんたもユタなのに、私がどうするべき?」

「いや、ユタはもうやってない。カメーよ、あんたがユタであるさ」

「私はユタではなくて、神人だよ。私は人のためには動かない。神様が助けれって言った場合は別。それ以外は、私は神様のために働く人さ。だから神人やしが。その神様から人のために働きなさいよーって任命されたのが、ユタである和男、お前だろうが」

「であったけれど、今はもう、落ちぶれている」

「落ちぶれていてもユタはユタだろう。和男、自分の集落のことは自分でしなさい」

「いや、もう無理無理。ウタキにいったら、キーブルするさ。キーブルキーブル」

キーブルとは鳥肌のことである。気がブルブルするとも言う。まあどちらでも構わない。カメオバアは同級生のユタが元気をなくしているのが気になり、後日その集落に向かうことにした。

那覇から車でだいたい二時間で着く場所であるが、カメオバアは超がつくくらいの安全運転で走行するので、その日は三時間半かかって集落までたどり着いた。昼過ぎに那覇を出てから、すでに夕方である。山沿いの側道に入ると、道幅も狭くなり、石垣で囲われた昔ながらの集落が現れた。カメオバアは一番奥の百坪はあろうかという敷地の木造家屋の近くに車を停めた。

そこが同級生である和男さんの家だった。家の庭はいつの間にか雑草で覆われ、かつては家庭菜園をしていた名残りの家庭用耕運機の残骸が錆びたまま放り出してある。

「和男ぉ！」

カメオバアが呼ぶと、かなり遠くから「カメぇ！」という声が聞こえてきた。どうやら耳だけは達者らしい。声を頼りに集落の中を歩くと、少し先の自治公民館の建物で泡盛を飲んでいる和男さんたちがいた。

和男さんに、自治会長の男性に、集落の顔見知りが何人かいた。

「カメーよ、シガイ、食うかあ?」和男さんが言った。

「なに、タコね」カメオバアは自治公民館の庭の椅子に座りながら言った。

「違う違う。これはシガイじゃない。ムンズナーよ、白いシガイであるわけさ」自治会長が言った。

「んだってこれはシガイであるわけさ」和男さんが言い返した。

「お前はもうろくしたはず。シガイはこれじゃない。これはムンズナーよ」

「ムンズナー? 違うだろ、これはンズナーであるわけさ。ムは発音しない」他の誰かが言った。

ああもう、タコごときの呼び名なんてどうでもいい。カメオバアは椅子に座ると、正面から和男さんの顔を見据えていった。

「で?」

「でぇ?」和男さんが言った。「ああ、そうそう。で? つまり、あんたを呼んだのは他でもない」そういって和男さんは話し始めた。

自治公民館から少し離れた場所に、東北から集落に引っ越してきた被災者の男性が家を建てた。男性は売りに出されていた土地を買い、そこにコンクリート製の丈夫な家を建てた。そこまではよかったが、その土地は広くて、隣接する古い屋敷跡と森があった。代々その森の木は切ってはいけないといわれていたが、知らない間に男性が半分ほど切り倒して整地してしまっていた。

「それからよ、いろいろ歩くわけ」和男さんが言った。

「何が歩くって?」

「首なしのマジムンがよ、ゾロゾロ夜中になったら森から現れて集落の道を練り歩く。うちの娘はよく視る人であるから、毎晩のように『お父さん、また死人が四辻のところでダンスしてる』って電話を掛けてくるわけよ」

「ダンスするわけ?」

「なんかこう、身体を揺らしているらしいが」

「それで、東北から移住された男性はどこね?」

「先日亡くなってよ。ソファでぐったりしてたのを銀行の人が見つけた。脳梗塞だったらしいね」

「脳梗塞はわかるけれどもさ、なんで銀行? こんなシマ(村のこと)にも銀行マンが来たりするのかねえ」

「アッタウェーキ（金持ち）」誰かが言った。

「ナイチャーのエーキンチュよ（本土出身の金持ち）」和男さんが言った。「震災で全部失って、可哀想な人ではあったよ。シマの人とも仲良くやっていたがね。七十くらいだったから、もう寿命だったんじゃないかね」

「そうね。それで、どこの木を切ったのかね」

「案内するさ」そういって和男さんは立ち上がり、みんなでぞろぞろと集落のはずれの森まで歩いて行った。

そこには目新しいモダンなコンクリート打ちっぱなしの平屋があり、その周囲の木は軒並み倒されていた。

「ああ、ここか……」

カメオバアはその場所に着くと、突然嫌な気持ちがメタンガスのように湧いてくるのがわかった。まるで地の底の汚泥がぶくぶくと発酵して、何か気持ちの悪いものを生み出している。まさにそんな感じを受けた。

「その人は……」

と言いかけて、カメオバアは喋れなくなった。半分透明の人影が、家から漂うようにして現れた。白いポロシャツを着て、カーキ色のパンツを穿いている。髪の毛はロマンスグレーの老紳士といったいでたちの本土の男性であった。

「その死んだ東北のお方って、いつも白いポロシャツにカーキ色のズボンを穿いていた？」

カメオバアは正直に視たままを喋った。

「そうそう。視えるね？」和男さんが言った。

「あんたは視えないのかい？」

「ああん、もうユタグトゥ（ユタ事）はやってない。もう視えんし」

「そうかい」カメオバアはそう言ってから、もう一度その男性に意識を向けたが、すでにそこにはいなくなっていた。

「とりあえず和男、今日は泊めさせておくれ」

「問題ない。いいよお」

カメオバアはその夜、集落に宿泊することにした。

夜になると集落のみんなが和男さんの家に集まって宴会が始まった。

しかしカメオバアは酒も飲まず、食べ物は大好きなかまぼこの入ったクーブイリチー（昆布と豚肉の煮物）を少々食べただけだった。

「和男、悪いけど一緒にきて頂戴」

「なに。もしかしてこんな夜中にムイ（森）に行くのか。お前は頭がおかしいのか」

「マジムンがいたってあんたが言っただろう。マジムンの時刻は今であるよ。行かないでどうするべき？」

「なんか遠隔でできないのか。リモコンとかで」

「そんなものない、ない」

カメオバアは強引に和男さんの腕をひっぱり、宴もたけなわの人々の集まりから離した。狭い集落なので、問題の場所までは歩いて二分もかからなかった。

問題の男性の家につくと、カメオバアにはすでに禍々《まがまが》しいものが沢山集まってきているのが感じられた。

「えー、キーブルする」と和男さんが言った。

カメオバアはこういう場合、意識の真ん中を見るのではなくて、左右にそれた方向へ意識を向ける。死者は左。神様は右。すると意識が繋がって、相手のことをクリアに見ることができた。今日は両方試してみたが、両方とも反応があった。

ここは墓場だったはず、とカメオバアは思った。そして頼りない懐中電灯で前方を照らしながら、和男さんの案内で森の中へと入っていった。

「和男、ここって墓場ね？」

「どうかやー。明治まではそんな話聞いたことがない」

「その前は」

「わからん。何せ記録がない」

森の中を歩いていくと、昔の石積みの遺構が現れた。広大な敷地を囲む石積みで、小さな階段が三段ほどしつらえてある。コケと雑草に埋もれて、もう少しで見落とすところだった。

「和男、ここなんね？」

「ここはよ、昔の住居跡であるわけ。根屋（ネーヤ）があったって」

根屋とはその集落に最初に住んだものの住居跡のことを指し、それは今から何百年も昔のことである。もしかしたらもっと前かもしれない。建物は当然のごとく木造なので残っていることはないが、基礎だけは石積みのため、いつまでも残る。カメオバアが見ると、一人のサムレー（侍）が敷地の真ん中あたりに立っていた。後姿でしか捉えることはできないが、血のついた短刀を右手に持っていた。

汚泥がブクブクと発酵して気持ち悪いものを生み出している。その元凶はこのサムレーに違いない。

「あれ、見えるかあ？」カメオバアは和男さんに聞いた。

「いや、なんも」

「サムレーがいる。血みどろの短刀を持っている」

「誰か殺したのか？」

「だろうね。とてもヒージャー潰したようには見えないさ」

「わからんよ。サムレーだって家を造った後ヒージャー汁を振舞ったかもしれんさ」

「馬鹿言うんじゃないよ。もっと意識を向けなさい。あんた、チム（肝）がどっかに行ってるよ」

するとカメオバアの耳にはどこからともなく音楽が聞こえてきた。沖縄民謡でもクラシックでも歌謡曲でもない。あきらかに洋楽と呼ばれるジャンルの曲である。ホーンセクションが鳴り響き、黒人のような野太いボーカルが叫んでいる。カメオバアにはわからない種類の音楽だった。

「あれなんね」

「あれではわからん。カメーよ、お前歳か？」

「音楽が鳴っている」

「いや、飛んでいる蚊の音なら聞こえる」

「私も沢山噛まれたよ。でもそれじゃない。なんていうのか、ソウルフルなやつだよ。アメリカーが好きそうな音楽さ。コザンチュ（沖縄市コザの人。米軍基地の町として知られる）が聞くような音楽だね」

やがて歩いていくと、再び男性の家にたどり着いた。家の前にポロシャツを着た男性がぼうっと立ちながら、四角い携帯電話を持って音楽を流している。

「あんたには見えんね？　そして聞こえないの？」

「何回も同じことを聞かんでくれ」

「ところであの東北の男性、名前はなんね」

「荒木さん」

それを聞いてカメオバアは心の中で意識を左に向け、男性の心の中に入ろうと試みた。

「荒木さんね、私は真栄城カメと申しますがね。何か言いたいことはありますか？」

するといろんな情景や言葉や想いが心の中に奔流のように流れ込んできた。

音楽　　　六十年代のヒット曲のＣＤ

棚の二段目　　墓場

踊ろう

友達　　　　　孤独

寿命だった　　生き残って申し訳ない

家族　　　　愛する東北

帰りたいが帰れない

「頭がはちきれてしまうからさ、一個ずつ喋ってくださいな」

カメオバアがそう言っても、相手にはまったく通じなかった。いろんな意識の断片が途切れ途切れに入ってくるだけだった。見ていると荒木さんは携帯電話から音楽を流そうとしているが、どうもうまくいかないらしい。頭の中に荒木さんのあせった感情が入り込んでくる。……こういうのは苦手だ、音楽を所有できないなんて、なんておろかな時代なんだ。音楽は自分で所有してこそ価値があるというのに、ストリーミングなんて味気ない。ＣＤの棚、二段目にあるあの曲。彼らにも聞かせてやりたい。

そんな思いが続々とカメオババアの心の中に入ってきた。

「和男、ストリーミングってなんね」

「ストリートミルク？　さっぱりだね」

とりあえず、二人はそのまま和男さんの家に戻った。


カメオババアは和男さんの客間を与えられ、夜はそこに横になって休んだ。慣れない他人の家で眠ろうとすると、意識しないでも心が様々なものと繋がった。カメオババアは再び意識を荒木さんのほうへと向けた。すると荒木さんはあることを知っていてそれを行ったのがわかった。ああ、そうかい。あんたは実は視える人だったんだね。だから自分の死期が近いのがわかって、彼らを一緒に連れて行こうとしたんだろうね。もしかしたら無意識にやっていたのかもしれないけど、最終的にそうなっているよ。あんたは友達が欲しかったんだろうねえ。震災でたくさん家族や知り合いを亡くして、さぞつらい目に遭ったんだろうねえ。本当に大変であるさ。でももう心配ない。心配ないんだよ。

すると相手から妙なお願いを出された気がした。

本当にそれでいいのかねえ。カメオバアはそれについて考えたときに、自分の受けたメッセージが間違っているのではないかと、何度も確認した。しかし後ろにいる守護者は、それをしなさいとしか言わない。

私がね。

あなたがやりなさい。

いやだ、恥ずかしいさ。

そんな押し問答を朝まで延々とやり続けた。

やがて朝になり、和男さんの奥さんが作ってくれた朝食を食べながら、カメオバアは話をした。

「だいたいわかった。昨夜いろいろ話をした」

「それで?」

「今日、それをやるよ。理由はよくわからん。でもやるよ」

「なにを?」

「あんた、ラジカセあるかや」

「ある」

「荒木さんの家に入れるね」

「鍵は植木鉢の下にあるはず。入ってどうする？　酒と塩いるか？」

「いらん。音楽を流す」

「音楽？」

「ＣＤソウルミュージック、ノットストリーミング」

自分でも喋っている言葉の意味がわからんやっさと、カメオバアはひとりごちた。

昼になり、集落のものが何人か集められた。みんなカメオバアがグイス（祝詞）を詠み、ウートートゥーをしながら線香を焚くのだろうと、遠巻きにして眺めている。そんな彼らを前に、カメオバアは説明した。

「まず最初に今日することは、悪いけど荒木さんの家に入ってもらって、ベッドの横にＣＤの棚があるはず。そこの上から二段目に、六十年代そうるふるぐれーてすとひっつっていうＣＤがあるはずだから、それを持ってきてください。まず最初にそれ」

話を聞いた集落の若い男性が鍵を使って荒木さんの家に入ると、ものの五分もしないうちに件のＣＤを持って現れた。それはカメオバアが喋ったタイトルと同じものだった。

「そういえば荒木さんは若いころ東北でディスコを経営していたらしい。いつも黒人音楽ばっかり聴いていたって聞いたことがある」若い誰かが言った。

「そうそう。それが荒木さんの趣味だよ。それからこのＣＤを流しながら、この集落の端から端までみんなで練り歩く。オーケーね？」

みんな一応わかったという風に頷いてはいるが、いったいなにをするのだろうという興味津々な表情をしている。

「練り歩いてどうする？」和男さんが怪訝そうに尋ねた。

「集める」

「なにを」

「死人たち」

「ソウルミュージックでな？」

「そう。荒木さんがそう言っている」

「ハキチャビヨ（なんてこった）」

それから彼らはＣＤを鳴らしながら、集落の端から端まで練り歩いた。歩いているうちになんだかみんな楽しくなってくるのを感じた。踊っているものもいたし、携帯で写真を撮る者もいた。しかし列の先頭を歩きながら、カメオバアだけは後ろにぞろぞろついてくるものに意識を集中していた。

首のない死者が数十人、真っ黒な影となっていろいろな場所から現れた。それぞれ自分の首を大事そうにお腹の前で抱えている。中には踊っている生者の横で同じように踊っている首なし死者たちもいた。そしてそのしんがりにいるのは、嬉しそうな荒木さんだった。

カメオバアの見る荒木さんは、胸に手をあてて涙ぐみながら、何度も何度も彼女に対してお辞儀を繰り返していた。

あんたは聖域の森の下に沢山の死者が閉じ込められているのを無意識に知って、木を伐採することによってそれを開放してやったんだね。それは多分あんたの後ろがしたことなのかもしれないけど、偉いことをやりよったよ。あんたはもう立派なウチナーンチュであるさ。

死者は音楽が好き、と荒木さんが喋った。

そうだとも。あんたはハーメルンの笛吹きみたいにして、彼らを連れて行っておくれ。

とても上等なことをしたよ。偉いね。あんたのしたことは東北のみんなは知らないだろうけど、私は確かに知っているよ。

ありがとうね。荒木さん。あんた、東北人の誇りだよ。

CDはオーティス・レディングがかかっていた。この曲を荒木さんは好きだったようで、小躍りしている姿が見えた。それを見ながらカメオバアは涙が出てくるのを感じた。

ふと横を見ると、なぜか横にいた和男さんも号泣していた。

「ようやくお前にも視えたか、和男」

「多分。もしかして俺ももうすぐお迎えがくるかな」

「あんたみたいな奴は天国では足りてるって言っているさ」

集落の端から端まで歩いた後は、公民館で食事をして、彼らはそれぞれの家に戻っていった。

その夜、森に意識を向けても、禍々しいものは感じられなくなっていた。

ただ、屋敷跡にいたサムレーだけはそこにいた。何度見ても寂しそうな後ろ姿で、血だらけの短刀を持ちながらブルブルと震えている。

何があったか知らないけど、あんたもこっちに来るね？　カメオバアは優しくそう語りかけた。まったく反応はなかった。もしかしてあんたは、命令で彼らの首を切ったんだね。そうだろ、あんたの本意じゃなかった。だったら悔やむことはないんじゃないか。何度そう問いかけても、サムレーはまったく返事を返してこなかった。やがてその姿は、地面の中にゆっくりと沈んでいった。

次の日、ソウルミュージックを大音量でかけながら、カメオバアは那覇に戻った。自宅に戻ると、彼女は植木鉢の花に水をやり、庭のバンシルー（グァバ）に話しかけ、孫の美智子さんに電話をした。

「先日は大変であったさ」

「何をしたんですか」

「北部の集落まで行って、死んだ人たちを天国へ送りましたよ」

「まあ、どうやって？」

「ソウルミュージックで。ノットストリーミング」

「おばあちゃん、言っている言葉がまったく理解できませんけど」

「私もだよ。理解出来なくても、行うことに意味があるんだよ。この世はそういうものだからね」

カメオバアの壁一面にしつらえられた巨大な仏壇には、場違いなCDが一枚、お供えのシークヮサーの横にちょこんと置かれてある。美智子さんによると、カメオバアがそのCDをかけているのを見たことは一度もないという。ただいつもそこにあって、埃などがつかないように丁寧に保管されているという。

みなこおばさん

みなこおばさんが亡くなった。膵臓《すいぞう》を悪くしてから、あまりにも早い死であった。

みなこおばさんはとても優しく、非の打ち所のない女性だった。復帰前の沖縄では数少なかった奨学金でアメリカに留学した女性で、そのまま航空会社にキャビンアテンダントとしてトップの成績で就職。その姿は沖縄民政府時代の機関紙『守礼《しゅれい》の光』に写真付きで紹介されたほどだった。

姪の香織さんは、みなこおばさんに特別な気持ちを抱いていた。

香織さんの両親は若くして離婚してしまい、彼女を引き取った母親もすぐに男を作って蒸発、程なくして亡くなってしまった。その後父親に引き取られたものの、この父親が一番の問題であった。

父親は香織さんに毎日のように暴力を振るった。性的なことを強要したり、酒を飲むと激しく叩いて蹴ったりした。またアルコールが切れると、「酒がないから身体を売って稼いでこい」と、まだ小学校六年生の香織さんに暴言を吐く始末だった。

ある日の夜、酔っ払って帰ってきた父親にもう少しで全裸にされそうになった香織さんは、もう耐えられないと思い、信頼できる唯一の身内であるみなこおばさんに電話をした。

ねえねえおばさん、私耐えられないよ。売春してこいって言って私の服を脱がしよった。あの男といたら、きっとどこかに売り飛ばされるはずよ。お願いだから助けて。

するとみなこおばさんはタクシーを飛ばして、一時間半後に香織さんを迎えに来てくれた。その間、香織さんは家の外の電柱の陰で半裸のまま震えていたという。

「いやあ、車を運転できる人がちょうどいなくてねえ。ごめんね遅くなって。さぞ辛かっただろうねえ」

名護《なご》市から糸満までは、車で一時間以上かかる。タクシー代も相当なものだったろう。香織さんは大きくなってから、そんな距離を一時間半でやってきたのは、おばさんが自分のことを本当に大切に思ってくれていたからだと、改めて思った。その日から彼女はみなこおばさんの元に引き取られた。

ところで、みなこおばさんの職業はユタであった。

ユタという職業について、香織さんは小さい頃はそんなに理解していなかった。ユタって神様にウートートゥーする人のことだよね。神様って仏壇にいるんだよね。町内のウタキにもいるの？

みなこおばさんの周囲には、いつでも沢山の人たちがやってきて、彼女と話をしてから帰っていった。その場に香織さんはいつも一緒にいるように言われた。しかし強制はしなかった。宿題がある時は宿題を優先させてくれたり、大好きな沖縄のテレビ番組『ＢＯＯＭ ＢＯＯＭ』（一九九六年から二〇〇一年まで沖縄テレビで放送された番組）が放送される土曜日は、お前はいなくてもいいよお、ブンブン見ておいで、と優しく言ってくれた。いつでも香織さんの事柄を優先してくれて、両親が事実上いない彼女の面倒を、隅から隅まで見てくれたのである。

また高校生になった時も、いつでも相談に乗ってくれて、辛抱強く香織さんの話を聞いてくれた。

そんなみなこおばさんが亡くなったのは香織さんが二十五歳の時のこと。ほとんど唯一の肉親といってもいいおばさんの死は、香織さんにとって非常に辛いものだった。

亡くなる数ヶ月前に、みなこおばさんはこんなことを言っていた。

「かおりー、お前さ、今いくつになったぁ」

「私？　もう二十五だよ」

「結婚相手はいるのかい」

「ううん、まだだね」

「そうか、おばちゃんはお前がウエディングドレス着るまで生きていられるかねえ。神様はそれまで寿命を延ばしてくれたらいいんだけどねえ」

「大丈夫よ。私、ちょっと頑張ってみる」

「でもよ、早まって変な男には捕まるんじゃないよお」

「うん、わかってる」

「もしさ、お前の結婚式の時に私が死んでたら、会いにいくからよ。わかったね？」

「おばさん、そんな悲しい話はしないで。いいね？」

「冗談ではないよ。絶対会いに行くからね、その時は私の席を確保しておいて、ピンクのバラの花をテーブルに挿しといておくれ。お前のことは何があっても守ってやるからね」

結局、それが彼女の遺言のようになってしまった。

香織さんがよいパートナーと出会えて結婚式を挙げられたのは、おばさんの死から三年経った日のことだった。

当日、結婚式には百名近い友人や親族が集まってくれた。連絡もしていなかった父親には、最初から招待状も出さなかった。唯一の心残りは、みなこおばさんの姿がないことだった。

ああ、でもおばさん、そういえば席を作っておいてくれって言ってたわよね。

ピンクのバラの花を挿して。

彼女は結婚式当日に、一番前の席にみなこおばさんのニコニコした遺影の写真を飾り、大好きだったピンクのバラを一輪だけ、小さな花瓶に入れてちょこんと置いた。

結婚披露宴の間中、みなこおばさんがその場にいるのが何度も感じられた。肩に誰かの優しい手が触れたので、振り返ると誰もいない。また記念写真を撮る時に、カメラマンの人が「おかしいな、シャッターを切れない」と言い出した。香織さんはその集合写真の中におばさんの遺影を入れるのをすっかり忘れていた。そこで遺影と一緒に並ぶと、シャッターは簡単に切れた。

幸せな結婚式だった。香織さんは幼少期の暴力を振るわれた思い出を、ようやく振り切ることができた。とても幸せだった。

それから三ヶ月ほどしたころ、親戚の男性が話があるといって、香織さんの新居にやってきた。

照屋《てるや》さんという五十代のその親戚は、中部で食堂を営んでいる。普段は法事などで顔を合わせるくらいだったので、家にまで来て何を話すのだろうと香織さんは思った。もしお金を貸してくれとかだったら、すぐさま帰ってもらおう、などといろいろなことを考えていた。しかしいざ話してみると、どの理由も当てはまらなかった。

「かおりー、おかげさまで」

「ええ、幸せね」

「実はね、今日わざわざ私が来たのは、ちょっと話をしたいことがあったんだが」

「ええ。どうぞ」

「実はな、お前のお父さんのことなんだけど」

「ええ。父ではありませんが、その人がどうかしました？」

もう関係を絶った人物である。香織さんは冷たく言い放った。

「ああ、実はね、昨日、あいつと話をしたんだよ。いきなりうちの店に来て、真っ青な顔をしておった。それで『話を聞いてほしい』って言うわけさ。俺はまた金を貸してくれとかそういう話だと思ったわけよ」

その話とは、次のようなことであった。

香織さんが結婚する少し前に、ある遠縁の親戚から彼女が式を挙げるということを父親は聞かされたという。そこでどうしても式に出て、娘の晴れ姿を一目見たくなった。しかし招待状は来ていない。どうしようかと迷った末に、スーツ姿で娘の前に突然現れてやろうと考えた。お祝いもなけなしの金から十万円分包んで懐に入れた。朝、バスに乗り、開始の朝十時前にはもう結婚式場に到着していた。

そこで時間があったので男子トイレに入り、便器に座っていた。

すると突然、鍵をしたはずのトイレのドアがバンと開いた。

そこには、みなこおばさんがいたというのである。

「あんたね、よくもしゃあしゃあと来れたもんだね。帰れ！　さもないとここで血を吐かせてクルス（殺す）よ」

びっくりした父親は思わず便器からひっくり返ってしまったという。

みなこおばさんはそのままドアをバンと閉め、出て行ってしまった。

どうしてあいつに知れたんだ。俺から娘を横取りした女のくせに。父親はなぜかムカムカしてくるのを感じ、一言文句をぶちかましてやろうと身支度をしてからトイレを出て、後を追いかけた。

するとと途中で顔見知りの一人の親戚に捕まった。

「おいお前、久しぶりだな。招待状あるのか？」

「そんなものはない。自分の娘の結婚式に来て何が悪い。それよりもみなこはどこだ？」

「みなこ？　どこのみなこだ」

「俺の娘を盗んだユタグワシー（ユタの真似）している、名護のみなこだよ！」

「彼女がどうした？」

「さっき男子トイレにまで入ってきて、帰らなければクルスとまで言いよったからに、俺はここであいつをぶん殴る！」

それを聞いて、親戚の男性はちょっとおかしな表情になった。いきなり気が抜けたというか、父親を見る目が哀れっぽい目つきになった。

「なんだよ、どうしてそんな顔する？」

「ユタのみなこおばさんな？　彼女は三年前に膵臓ガンで亡くなったよ。今この会場には、彼女の遺影しかないよ」

「うそだ。どうしてそんなことを言う？」

するとと別の親戚もやってきて、本当にみなこおばさんが三年前に他界したことを改めて告げた。

「違うだろ。さっき男子トイレのドアを開けよった。死んだ奴にそんなことができるか」

するとその親戚は、真顔でこんなことを言ったという。

「みなこおばさんなら、できるばーてー」

それを聞いて、父親は顔を真っ赤にして固まってしまい、走り去るように会場から出て行ったという。

「だからやー、みなこおばさんはよ、きっとお前を守ったに違いない。死んでいてもお前が心配なわけさ」照屋さんはしみじみとそう語った。「本当、素敵なおばさんだったさね。尊敬する。死んでもあの人はお前を守っている。こんな肉親は他ににいないよ。

今日はそれだけ伝えにきたわけよ。邪魔して悪かったね」
「いいえ、照屋のおじさん、ありがとう。とても重要なことでした」
香織さんはそれを聞いて涙が止まらなかった。
それから香織さんと旦那さんは、家にあるみなこおばさんの仏壇に手を合わせた。
おばさん、ありがとうね。
私の本当のお母さん。来世ではあなたの娘になりたいです。
本当に、ありがとうね。

なぜか触ってもいないのに、一番上のトートーメー（位牌）がカタコトと嬉しそうに鳴っていた。

赤い傘

それが現れるのは決まって雨の降る日曜日のことだという。

那覇の西側、海に近い団地に向かう道に、一つの電話ボックスがあった。赤い傘をさした女性が、雨の降る日曜日、そこで彼氏に電話をした。ところが彼氏は彼女の話を聞いてくれない。もう電話してくるな。お前とは別れる。その他酷いことを山ほど言われた。彼女の心は震え、壊れてしまった。あなたと頑張ろうって思ってこれまでの生活を耐えてきたのに。彼女は心からそう言った。でも言葉はもう彼氏の心には届かない。さようなら、と彼女は呟いた。そして赤い傘を再び広げて、雨の中歩き出した。

団地の入口に着くと、そこで掃除をしている老人と目が合った。こんにちは、と相手は声をかけてきた。だが彼女は返事もせず、そのまま通り過ぎて、それから海の方へと向かった。人と会いたくないのに、どうして私の邪魔ばっかりするの。ゆっくりと防波堤できびすを返して、再び団地に戻っていく。入口にはもう老人の姿は見えない。彼女はそこで傘をたたみ、靴を脱いで入口に揃えて置いた。そして用意していた遺書をその横に添えた。

そのまま裸足でエレベーターに向かう。エレベーターの中は雨のせいでところどころ濡れている。彼女はためらわず最上階のボタンを押す。がちゃん。ゆっくりとエレベーターが上昇する。まだ朝早いので、誰も乗ってこない。そのまま最上階に着くと、彼女は手すりから身を乗り出した。

いったい彼女はその時何を考えていたのだろう。

何を想っていたのだろう。

一瞬のきっかけで決まったことなのだろうか。百億年も前からそうなるように仕向けられてきたのだろうか。時の初めから決まっていたことだったのだろうか。

手すりから身を投げるのにそう時間はかからなかった。

彼女は宙を飛び、そして落ちた。

大城さんがちょうど裏側の植え込みを掃除している時だった。

ドサッと何かが落ちる鈍い音が聞こえた。

とっさに嫌な予感がした。さきほど挨拶をして通り過ぎた女性に、大城さんは何か不吉なものを感じていた。おいおい、まさかよ。そんなことを呟きながら、急いで音のした方向へと走っていく。

もう遅い。

舗装された駐車場の真ん中に、カーキ色のレインコートを着た女性が倒れていた。何か赤いものが散らばっていて、遠目にもうダメだとわかった。

大城さんは警察にすぐ電話をした。

警察と救急車が来たが、すべてもう遅かった。

遺書もあったし、大城さんの目撃情報もあった。警察はすぐに裏を取った。大城さんはその女性が団地にやってくる前に、近くの電話ボックスから誰かに電話をしているのも目撃していた。そこの通話記録から彼氏の存在も浮上した。話を聞くと、彼女はさようならといって電話を切ったと彼氏が語った。遺書にはその彼氏を恨むような文言が毛筆ペンで殴り書きされていた。

女性が落下した場所には、自治会でお金を払って献花台を設置した。

なんでまた、あんた命なんか絶ってしまったんだい、と大城さんは献花しながらそう思う。こんな老人でさえ毎日頑張って生きているのに、若いあんたみたいなお嬢さんが馬鹿な男にだまされて、本当にかわいそうなことだ。ゆっくり成仏しなさい。安らかに眠ってください。

そして献花は次第に多くなり、一週間ほど経ってもまだ献花する人がいた。大城さんは自治会のメンバーでもあったので、枯れた花束から片付けていった。

やがて一ヶ月もすると、献花する人もいなくなり、花はすべて片付けられた。落下した血のあとも、その後に降り続いた大雨ですっかり流されてしまった。

人がひとり死んでしまっても、時間は非情なものだ。みんな洗い流して消え去っていく。やがては人の記憶からも消え去るのだろう。そんなことを考えながら、大城さんは過ごしていた。

やがて曇り空の日曜日。大城さんがゴミを片付けていると、大雨が降り出した。次の瞬間、ガッシャーンという轟音が鳴り響き、雷が近くに落ちた。おお、早く倉庫にゴミを片付けないと。そう思って必死に作業をしていると、遠くの電話ボックスに赤いものが見えた。

傘。

女性が電話ボックスを出て、傘をさしてそのまま歩いてくる。

途端に、前にも見た光景だということを大城さんは思い出した。気色悪い感じがした。デジャヴとでもいうのか。一度体験したことを追体験している感じ。それについて考えていると、大城さんはゴミ捨て場の横で動けなくなってしまった。雨などどうでもいい。おいおい嘘だろう。大城さんは雨の中目をこすった。赤い傘をさしたカーキ色のレインコートを着た女性が、どんどん団地に向かって歩いてくる。やがて彼女は大城さんの横を通り過ぎ、団地の入口で傘をたたみ、靴を脱ぎ始めた。

「ちょっとあんた！」

大城さんは精一杯のでかい声でそう叫んだ。それが彼にできた全てだった。そして雨の中、入口に向かって走り出した。

女性の姿はそれまではっきり見えていたのに、大城さんが近づくに連れて団地の入口にあるドアのガラスの反射のようになり、そのまま消えてしまったという。

あれから何度も出るんです、と大城さんは言う。

何度も、何度も。

近所の子どもも見ているし、団地の人も見ています。

決まって雨の降る日曜日なんですけどね。

決まって、そうなんです。

それにしても、いったい彼女はその時何を考えていたのでしょうね。

何を想っていたのでしょう。

一瞬のきっかけで決まったことなんでしょうか。百億年も前からそうなるように仕向けられてきたのでしょうか。時の初めから決まっていたことだったのでしょうか。

私は今でも考えるんです。

彼女は一体、その時何を考えていたのだろうってね。

それも決まって、雨の日曜日の午前中のことなんですよ。

土帝君

人はいつ人生の転機が訪れるかわからない。これはそんな話である。

ダイビングショップを経営する当銘《とうめ》さんは、ある日読谷《よみたん》の残波《ざんぱ》岬《みさき》近くの断崖でアダン葉草履を片方だけ拾った。右足であった。アダン葉草履は、アダンという固い植物の葉を使った沖縄古来の日用品のひとつである。そのアダン葉草履はかなり古いもので、半分土がついており、かなり痛んでいたが、なぜか当銘さんはそれに魅入られてしまった。

なぜならそれは、自分の知っているアダン葉草履とは作り方が根本的に違うものだった。現在のものは東南アジアで製作されたものがほとんどで、実際に沖縄で手作業で作っている職人はかなり少ない。しかもそれのどれとも違う。もしかしたら戦前のものだろうか。当銘さんはそれを持ち帰ることにして、残波岬のおみやげ屋の水道で土を洗って、車に乗せた。

思えばもうそのときから変だった。

車の中に、妙に汗臭いにおいというか、土や農業のようなにおいが充満していたからだ。

もしかして俺のにおいか？　当銘さんは運転しながら自分の脇の下やいろんな場所のにおいを嗅いだがどれも違う。なんだろう、家族の下着とかが車の後ろに積まれているのだろうか。家に帰る途中で車をコンビニに停め、車のトランクを開けたり後部座席を確認したりしたが、そんなものは一切なかった。もしかしたらと思い、くだんのアダン葉草履を嗅いでみたがそれらしきにおいはしない。おかしいな。シートの裏側が雨でかびているのだろうか。そんなことを考えながら、当銘さんはやがて家にたどり着いた。

家に着くと、アダン葉草履を真っ先に奥さんに見せた。奥さんは趣味で実際のアダンの葉から草履や籠を作ったりするのが大好きだった。

「これ見て。ちょっと古いけど、残波岬の近くの崖に落ちていた。なんだか作り方が違うだろう」

奥さんは拾ってきた草履を見て言った。

「本当ね。これって昔の本当のやり方で織ってある。参考になるわ」

奥さんもそれを見て喜んでくれた。当銘さんはもう一度それを洗ってから、乾かすために紐でベランダに吊るしておいた。

その夜のことである。

当銘さん夫婦が寝ていると、急にベランダで物音がした。

「なんか音がしなかったか？」

「うん、ベランダじゃない？」

するとしばらくして、ベランダに人影がにゅっと現れて、カーテンに薄い影が落ちた。

「あなた！」

驚いた当銘さんが起き上がろうとすると、急に身体が動かなくなった。奥さんも横で固まっている。すると薄い人影はベランダのガラスに近づき、コンコンと小さな音でノックをした。

当銘さん夫婦は悲鳴を上げたがったが、身体中が金縛りにあって動けない。次の瞬間、ドアがガラガラと開いて、カーテンの隙間からクバ傘を被ったヨボヨボのオジイが現れた。全身から水が滴り落ちている。無精ひげの生えた口元はだらしなくゆがみ、何かをぶつぶつ呟いているようだが声は聞こえない。その代わりゆっくりと自分の右足を上に上げた。それは裸足であった。左足にはアダン葉草履を履いていた。

やがてバチンというショートするような音が響いた。

当銘夫婦は揃って目が覚めて、同時に悲鳴を上げた。

部屋の中には汗と泥の混じったようなにおいがこもっていた。

「なんだよ、今のは?」当銘さんが言った。「しかもここ、五階だぞ」

ベランダに出ると、静かな夜の街が広がっていた。雨など降っていなかったが、ベランダの一部だけがビショビショに濡れていた。

その水はなぜか吊り下げたアダン葉草履から落ちていたが、それにしては量がはんぱなかった。

心配になった当銘さんは、次の日拾ってきた場所にアダン葉草履を戻した。

きっとこれを履いていた本人が返してくれとお願いに来たのだろう。申し訳ないことをした。どうもすみません。そう心の中で想いながら、当銘さんはその場を後にした。

だがそれから一週間後、当銘さんが仕事中に家に電話がかかってきた。

「あなた、家の中で異臭がするの。なんかおかしい」

「ガスとかそういったものか？」

「違うの。なんか汗臭い体臭というか、畑のにおいみたいなの」

それを聞くと胸がザワザワしたので、当銘さんは仕事を早めに切り上げて家に帰った。

すると確かに家の中に土臭いにおいが充満している。

「あのオジイかな」当銘さんが言った。

「だって、あれは返してきたんでしょう」

「もちろん、同じ場所に置いてきた」

「じゃあなんでまた帰ってくるの？」

「そんなこと、俺は本人じゃないんだから、わからん」

思い悩んだ末、当銘さんは自分の母親に電話をした。

「母さん、実はさ、家の中でちょっと前から変なにおいがするわけさ」

「におい？　どんなね」

「それが汗臭いというか、土臭いにおいでさ。真栄城のオバアの電話番号ってわかるね？」

「わかるよ。ちょっと待ってよ」

母親はすぐに真栄城カメさんという神人《かみんちゅ》の電話番号を教えてくれた。神人とは文字通り神様に仕える人のことである。当銘さんはすぐに電話をした。

「もしもし、あのう、当銘家のものでシンジといいますが。美恵子の息子です」

「おお、シンジね。どうしたね」

「オバア、今ちょっといいね？」

「いいよお、話しなさい」

「実はね、数日前にさ、ワーがよ、残波でアダン葉草履を拾ったわけ」

「アダン葉草履ね。メズラシムンヤー（珍しいね）」

「そう、それでさ」

「いや、もういい」

「もういいって何ね」

「今からヤー（お前）のところに行くからさ。迎えに来い」

「ワー（俺）がね？」

「ヤーがよ、オバアを迎えに来なさい。部屋を見ないとわからん」

そこで当銘さんは車を飛ばして、真栄城のオバアを迎えに行き、そして再び家に戻ってきた。

家に入るなり、真栄城のオバアはダイニングチェアに座り、「アリー！」と大声で叫びながら驚いた表情を見せた。

「な、なんですか急に」

「お前、これをどこから連れてきたかー？」

「どこからって、残波岬近くで拾ってきて、それで……」

「違う。草履じゃない。トゥーティークン、いるよお」

「トゥーティー？　それってなんですか？」

「土に天帝の帝に君って書く。土帝君《トゥーティークン》だよ。そこに座っておる」

「どこに？」

「テレビの横」

「ええーっ、なんでそんなもんがここに？」

「知らん」真栄城のオバアは断言した。

「でもいるものはいる。大変だよお」

「大変ってどう大変なんです」

「シンジ、あんた仕事は何してる?」

「ダイビングショップです」

「ダイビン? 潜るやつか」

「はい、そうです」

「仕事を変えなさい」

「なんにですか?」

「農業」

「農業? 本当ですか」

「本当。あんたは農業しなさいと土帝君が言っておる。土帝君はこう言っておる。お前が私の草履を見つけたのではない。私がお前をようやく見つけたのだと」

「どう、どう……」当銘さんは答えに詰まった。「どう答えていいのかわからない……」

「あんたは海には向いていない。あんたは大地と繋がるべき人。海は龍宮の神。大地は土帝君が仕切っておる。土帝君はお前を海から救い上げて、大地に戻した」

「ああ、だからあのオジイは晴れていたのにずぶ濡れだったのよ」奥さんが急にそんなことを言い出した。

「なんだよ、お前。それとこれとは関係ないって」

「関係、大アリだよお」真栄城のオバアが言った。「あんたは職業を変えなさい」

そう言われても、順調にいっているダイビングショップを、そんな戯言のような言葉のために変えてもいいものだろうか？　当銘さんは本気で悩んでしまった。

後日それについて夫婦で真面目に話したが、驚いたことに奥さんがこんなことを言った。

「私はあなたが仕事を変えたほうがいいと思う」

「何で今さらそんなことを言うんだ？」

「わからないけど、女性の勘みたいなもの」

「俺はもう四十過ぎだし、農業も興味はあるけど、やったことはない」

「ねえあなた言っていたじゃない。いつか二人で田舎に引っ越して、農業をしながらカフェでもやりたいなって」

「それはもうちょっと後のことだろ。五十過ぎて潜れなくなってからだよ」

「どうして今じゃダメなの」

「うーん、だって今の仕事は軌道に乗ってる。まだ十年は働けるし」

「その十年をほかの事に費やしてもいいんじゃないの。私雑貨作って畑も手伝うから、やってみようよ。多分楽しいはずよ」

「おいおい、お前まで真栄城カメさんの言いなりかよ」


それからの数日、当銘さんにはつらい日々が続いた。

なぜか溺れる夢を毎日見るのである。

渡嘉敷島《とかしきじま》近くの海で、急な海流の乱れで深みに引きずりこまれ、そのまま暗黒の中に消えてしまう。あるいは急にアクアラングのレギュレーターから空気が出なくなり、深い海の中で窒息していく。そんな夢ばかり立て続けに見た。

ある時、事務所で仕事をしていると、急にあの土臭いにおいが漂ってきた。おいおいまたかよ、事務所にまで来たのかよ、と眉をひそめていると、実質的に仕事を任せている有野さんという本土出身の男性がやってきて、社長ちょっと話がしたいのですが、と言った。

「有野、どうした?」

「社長、実は俺、前から言っていた独立をしたいと思ってまして」

「独立? 急な話だなあ」

「そうなんですけど、彼女と話し合って決めたんです」

「独立して何をするんだ？」

「俺も自分のショップを持ちたいんです」

「そうか。だったらこの店、買わんか？」

「えっ」

当然相手はそんなことを言われて驚いていたが、一番驚いているのは当銘さん自身だった。自分では考えもしなかった言葉がスラスラと口から発せられている。まるで自分が喋ってはいないみたいだ。

「本当ですか？　社長は売ってどうなさるんですか？」

「そうだな。北部で畑でもするかな。妻が雑貨を作っているから、そんなのも売りたいなって、昨日そんな話をしたばかりでね」

そんなわけで、ショップの売却の話はトントン拍子に決まった。

それから一年後、当銘さん夫婦は北部に小さな土地を買い、そこで畑を耕しながら、小さな雑貨屋兼カフェをこれから始めようと、着々と計画を進めていた。

「今住んでいる土地を決めたのは理由があって」と当銘さんは語る。「実は下見に来た時に、畑の横に平屋の古民家があったんですが、中に入るなり例の匂いがしたんですよね。夫婦で顔を見合わせて、決まりだって」

またその土地には近くに土帝君が祀られてあった。もともと土帝君は中国から持ち込まれたとされる農耕の神様であるが、すでに集落のノロさんも絶えてしまい、誰も拝むものがいなくなっていたという。その土帝君で当銘夫婦が挨拶を兼ねてウートートゥー（お祈り）していると、集落のおばさんからこんなことを言われた。

「ああ、あんたがたね」

「なんでしょうか」

「あんたがたのこと、聞いていたから。そういう人が来るって。多分那覇の人だろうって。龍に仕えていた人が、海から上がって鍬《くわ》を持つって、そんなこと言っておったよ」

「ええ、誰がですか」

「神様だよ」

当銘夫婦は言葉を失った。

「神様は、噂よりも役場よりも早い」奥さんがそんなことを言ったのを、当銘さんは今でも覚えている。

ある時、集落の人が当銘さんに話があるからと家に寄った。

その時二人は奥さんの雑貨の材料を仕入れに、那覇まで車で出かけていて留守だった。その代わり、クバ傘を被った見知らぬオジイがいて、二人は留守だけど、夜の八時には戻ってくると伝えたので、集落の人は「ありがとう」と伝えて一旦戻り、夜八時になると再びやってきた。すると二人の車が今着いたばかりであった。

「よく八時に帰るってわかりましたよね」と当銘さんが言った。「那覇に行っていたもので」

「知ってるよ」と集落の人が言った。「クバ傘のオジイから聞いたよ。親戚ね？」

「そうなん……でしょうねえ」当銘さんは若干どぎまぎしながら答えた。

残波岬で拾ったアダン葉草履は、再び当銘さんがその場所から持ち帰ってきたため、彼らの自宅の軒先に吊るされている。

「もしかしたら十年後、借金で首が回らなくなっているかも知れないし、病気で死んでいるかもしれません。でも、それでもいいんですよ。最後は自分で決めたんです。自分で決めたからには、最後まで責任を持ちます。

最近思うんですけど、人生って、自分だけのものではないなあって、しみじみそう思います。私の場合は自分と、妻と、それから後ろの人ですかね。知ってますか。神人の親戚から聞いたんですけど、後ろの人も会議をするし、喧嘩もするらしいんですよ。もしかしたら私の場合、龍神と土帝君が喧嘩をして、土帝君が勝ったのかもしれません。それと龍神がついているとか、土帝君がついているから偉いとかではなくて、みんなついているんです。それが普通なんですよ。みんな会話をすることを知らないだけです。ただそれだけだと思うんですよ」

残念ながら二人はそれからクバ傘の老人を見たことはない。だが集落の人の中には、当銘夫婦以外にもう一人居住者がいると信じている人もいる。その認識はあながち間違いではない。人生とはおそらく、彼らだけのものではないという、そのことの証明なのだろう。

フスグドゥン

あかねさんは、二十代の頃、もう死んでもいいやと思っていた。宮古島で生まれたあかねさんは、幼い頃に両親が失踪、幼馴染の親友は二人とも病死した。その後親戚の元を転々とたらい回しにされ、最終的に福祉施設で育った彼女には、人生なんて全然楽しいものではなかった。もう死にたい。生きていても辛いだけ。楽しいことなんて、私の人生の中で一つもなかった。あかねさんは十代の終わりごろから松山にあるスナックで働き、いくつか恋愛もしたが、その頃は彼氏も女友達さえいない状態だった。ああ、私の人生はこのまま何も起こらず終わってしまうのだろうなとぼんやり考えていた。

そんなある日、仕事終わりに松山公園を通って家に帰っていると、ベンチに座っている男性を発見した。たぶんあかねさんと同年代ぐらいのその男の子は、短髪でメガネをかけ、ひょろっとした感じで、白いシャツに紺色のズボンを穿いていた。何をするでもなく、ただぼんやりと前を見ている。

ただ、あかねさんには、とても素敵な男性に見えた。

要するにドはまりのタイプの男性だった。

ウワリ！（凄い！）　ツムカギフファドゥ！（美少年！）

仕事帰りで酔っ払っているせいもあり、あかねさんは気軽に声をかけた。

「あら、こんばんわ」

「ね、なにしてんの？」

男性は何も言わない。

「じゃあね、おやすみー」

そう言ってあかねさんは立ち去ろうとした。すると次の瞬間、男性はにゅるっとした何かになって飛び上がり、あかねさんの脇の下からいきなり顔を出した。

「ついていってもいい？」

とそいつは言った。

その時あかねさんの頭の中にはこんなことしかなかった。

電話代も払えないし、職場の女子トイレは盗撮されていることがわかったし、給料はまた手数料ということでピンハネされてるし、彼氏は全然できないし、仲の良かった同僚はこの前事故で亡くなっちゃったし。来月は首をくくろうかなあと思っていたから、全然いいんじゃない？　そもそも来月家賃払えるのかどうかもわからないしね。

「なに、うち来るな？」

その首は、うん、と頷いた。

「いいよ。家そこだから」

そういってあかねさんが歩いていくと、蛇の首のようなものはずっと身体にまとわりついてくる。やがて近くのアパートにつき、三階への階段を歩いて上ったが、家のドアを開けて中に入った頃には、身体にその男性の感覚がなくなっていた。

「あれ、どっか行っちゃった？」

洗面所で手を洗っていると、鏡にキッチンにいる男性の後ろ姿が映った。

「あら、まだいるんじゃないの」

酔っ払っていた彼女は、そのままベッドに倒れこむようにして横になった。するりと男性が薄いシーツの間からもぐりこんでくる。

「いいよ、一緒に寝よ。私寂しいからさ」

男性の方に寄って行くと、彼の胸に顔をうずめた。

「ねえねえ、ずっといていいよ。私幸せ」

そんなことを呟きながら、あかねさんは眠った。

ただなんだかかび臭いにおいがした。洗濯物の生乾きのような、そんな感じ。

でも、まあ、いいや。どうせあたし死ぬんだもの。

明日からどうやって生きてゆこう?

彼女はそのまま眠りについた。


次の日の朝、起きるとキッチンにくだんの男性がいた。

「あーごめん、誰か知んないけど、昨夜はごめん。私たち、やっちゃったのかなあ」

男性は向こうを向いて何も言わない。

「えー、なんか怒ってるば?」

すると男性はこちらを向き、にこっと笑った。その表情がたまらなく可愛かった。

「ここにしばらくいてもいい?」とそれが言った。

「別にいいんじゃない。いくらでもいていいよ」

あかねさんは何だか幸せな気がした。全部裏目に出た自分の人生、少しは楽しいことがあってもいいんじゃない?

「ところで、あんたなんか食べんの？」

それは、黙ったままだった。

「そっか。何もいらないんだね。私、朝ごはん食べるよ。冷蔵庫にカニギー（カニみたいな）のやつあるからよ」

あかねさんは冷蔵庫からカニカマを取り出し、たっぷりのマヨネーズをかけて食べた。彼女はカニカマが大好きで、冷凍庫の中にもたくさんストックがあった。でもそれも今月で尽きてしまうだろう。お金がない。仕事もない。

「ねえねえ聞いて。あたし、もうあの仕事やめようと思って」彼女は独白のように喋った。「店長がピンハネしててさ、女子トイレも盗撮しているって。見たらカメラが四台も仕掛けてあんの。もう限界かなって思ってさ。わかる、あんたよ」

それははにかむように笑いながら、さっと洗面所の方に移動して隠れてしまった。

「あがんにゃ（あらまあ）」彼女は呟いた。その後を追っていくと、それは洗面台と壁とのわずか十センチの隙間に入っていた。

「そこがいいの？　私、シャワー浴びて出勤するよ」

それからあかねさんは服を脱いでシャワーを浴びた。頭を洗っていると、背後からにゅるっとしたものが彼女の胸を掴むのがわかった。あらいや。そんなことしないの。フスグドゥン（フス＝糞。グドゥン＝愚鈍。最低という意）かよ。お前。しかしそれは胸からゆっくりと下に下がって行き、おなかの辺りをもぞもぞし始めた。

あかねさんは福祉施設の副所長だった辺戸名《へんとな》さんという女性の言ったことを思い出した。彼女はユタだった。彼女はいつも言っていた。見えないものに何かされたら、指先が鋭利な刃物であることを思い出しなさい。遠くにいたらそいつに指をさしてやりなさい。近くにいたらその刃物で深くえぐって切りつけてやりなさい。そこであかねさんは自分の右手がとてつもなく鋭利な刃物だと想像した。右手はすぐに刃物になったので、そのままにゅるっとしたものを切りつけた。声にならない悲鳴が立ち昇る炎のように沸き起こって、すぐにそれは浴室の外へ飛んでいった。

フスグドゥン！　二度とやらないで。彼女は心の中で相手に釘をさした。

浴室の外からは、それっきり気配さえ飛んでこなかった。

その夜、出勤したあかねさんは、仕事帰りに店長を呼び出してこう告げた。

「店長、女子トイレのカメラのこととか全部知っています。私今日限りで辞めます」

「なんだお前。喧嘩売ってるのか」と店長はきつい口調で言った。

「それはあんたでしょ」

「クソが！」

「ねえ、いいですか。トイレの監視カメラとか、ぜんぶ証拠は知り合いの男性に預けています。もし今日の分の給料をここでもらえなかったら、そのまま警察に行きます。それでもいいんだったら、そうしてください。あと私から連絡がなくても、その人は警察に行きます」

　これは全部嘘だった。カメラは彼女が発見して全部コンビニのトイレに衝動的に捨ててしまった。あかねさんに友達などいない。誰もいない。生まれた時から誰もいない。

　店長は、殺してやる、といいながら、その日の分の給料を叩きつけるようにして彼女に払った。彼女は逃げるようにして店を出た。

　家に帰ると涙が出てきた。もうこのまま死んでやろうと思った。ストレスで首とか背中とかいろんな場所に湿疹が出来ていた。もう限界だった。玄関で泣いていると、例のあれが背後から優しく抱きしめるのがわかった。

「止して。もう辛い。マーンティカラ（本当に辛い）……」
彼女は止めどもなく泣いた。後から後から涙が湧いて出てきた。それはやさしく彼女をくるむと、何かわからないがとても気持ちのいいものを彼女に送ってきた。泣きじゃくりながら彼女は玄関に座り込んで、そのまま倒れてしまった。

気がつくと朝だった。
涙のせいで顔中がバリバリに痛い。
「ねえねえ、どこにいるの？」
どこかにいるはずの、それを探すと、再び洗面台と壁の隙間に収まっていた。
「昨夜はありがとうね。ずっといていいよ」と彼女は言った。
相手からは返事も何もなかった。

昼過ぎぐらいに、なぜか猛烈に死にたくなった。
人生なんてアホ臭い。私が一番フスグドゥンに違いない。
彼女は原付バイクに乗って、南部の海辺へとやってきた。晴れ渡った空。静かに波打つ紺青の海。靴を履いたまま沖まで行って、そのまま沈んでしまおうと考えた。

でも、とあかねさんは思った。死ぬ前に、一度だけでも辺戸名さんと喋りたい。

彼女は携帯電話で自分が育てられた福祉施設に電話をした。

事務局の人が出て、すぐに辺戸名さんが電話口に出た。

「あらまあ、あかねー、久しぶりじゃない。どうしたの?」と辺戸名さんが嬉しそうな声で言った。その声を聞いていると、喋れないぐらい涙が出てきた。

「辺戸名さん、私もう死にそうです……というか、今から死ぬんです。でも一度だけでいいから辺戸名さんの声を聞きたくて……本当にごめんなさい……ごめんなさい」

「あかねー、何を言っているの。馬鹿な考えは止しなさい」そう言ってからこんなことを告げた。「後ろにいる蛇のせいだから、それを追い出して」

「蛇なんかいません」

「いるのよ。あなたに巻きついてる」

「あれは……男の子です」

「何ですって。ほら、何か取り憑いているのよ」

「違います。あれは、男の子の友達なんです。私の唯一の友達です」

「あきれたね。あかねー、今すぐ私のところに来なさい」

「行けません。今本島にいるんです。宮古島までの切符なんか買えません」

「そうなの。じゃ今夜の飛行機で私そっちに行くから。家はまだ松山なんでしょう？いいわね」

そういって辺戸名さんは電話を切った。

電話を切ってから、また洪水のように涙が溢れた。辺戸名さんが今夜やってくる。きっと家にも上がるから、片付けなければ。そう思って立ち上がった。

すると肩にいきなり重いものが乗っかったみたいになり、砂浜の上にガクンと尻餅をついた。

死ぬのはどうしたの？

それは声でも言葉でもなかった。心の中に映像のネオンサインのように浮かんできた。

お前は世界一のフスグドゥンだろ、死ぬのはどうしたの？

また言葉が浮かんで輝いた。

「あんた、蛇な？」あかねさんはそう呟いた。

すると再び、後ろからやわらかい腕が伸びて、彼女を優しく抱きしめた。

というか、締め付けた。

だんだん力が強くなる。動けない。身動きができない。まるでロープで拘束されているかのように、動くことができない。そのまま夕暮れの砂浜を、ごろんごろんとあかねさんは転がった。あと少しで波打ち際までたどり着く頃に、ようやく彼女は自分の手を鋭利な刃物に変化させて、それをブチブチと断ち切った。

「すなす（殺す）」彼女は呟いた。それから自由の身になった彼女は、すぐさま立ち上がり、バイクにまたがって家に戻った。

家に帰ると、そいつがまだいた。フスグドゥンと名前をつけた。もうツムカギフファドゥではない。こいつは糞の愚鈍だ。辺戸名さんが来るまでにどうにかしなければ。そこで彼女は携帯だけ持ってもう一度バイクに乗って、近くにある波上宮《なみのうえぐう》まで走った。

フスグドゥンは境内には入って来れないようで、下の砂浜のところでくすぶっているのが感じられる。そこで社務所はすでに閉まっていたが、横の建物入り口から入って、巫女さんを見つけると、無理を言ってお札を一枚買った。それをシャツの内側に入れて、再び彼女はバイクに乗り、家に戻った。部屋にあるベッドに座って、お札を持ちながらじっとしていた。次第に部屋の中がかび臭くなってきた。いきなり白木を割るような、バチン、バチンという音が多発するようになった。姿は見えないが、フスグドゥンがぐるぐると彼女の周りを旋回しているのもわかった。

しばらくしてテレビを点けてみたが、すぐに消された。エアコンも消え、部屋の電気も消えた。立ち上がって蛍光灯の紐をひっぱると、再び点いた。そんなことを繰り返していると、部屋のドアがノックされて、辺戸名さんの声が聞こえた。

「あかねーよ。いるか?」

「辺戸名さん、こっちです、入ってきて」

辺戸名さんは大きめのバッグを持ち、部屋に入ってくるなり、しかめっ面になった。

「オーフサよ(生臭い)」辺戸名さんは言った。「ええ、オーフサ」

辺戸名さんはあかねさんの横に座ると、いきなりこう言った。

「どこで拾ってきたの、これ」

「松山公園で」

「なんで家に呼んだわけ?」

「だって……仕事もなくなって、もう死んじゃうと思っていたから寂しくてつい……」

「あんたにはこれはどんな姿に見えたの?」

「ツムカギフファドゥ……」

「まったく違うせーが。見たらわかるだろ、あかねー」語気強く辺戸名さんが言った。

「だってそう見えたから……」

「全然違う！　邪悪なパヴ（蛇）にしか見えないよ。ほらピソゥ（渦を巻く）している」

「全然わからない……」

するとと辺戸名さんは、バッグから一個の生卵を取り出した。それをあかねさんと自分の間に置くと、小さな鐘を取り出し、それを鳴らしながらミャークフツ（宮古方言）でなにやら唱えだした。そのグイス（祝詞）は三十分ほど続き、最後に頭を垂れてしゃがみこんだ。同時にあかねさんも苦しくなり、身体が重くなり、ベッドに倒れてしまった。

「あい、もう済んだよ」と辺戸名さんが言った。あかねさんの身体を、ポン、ポンと優しく叩くと、彼女の身体にも生気が戻ってきた。

するとと辺戸名さんはサインペンで見たこともない字か絵のような文様を生卵の上に描いている。

「これは梵字っていう。閉じ込めたから、明日一緒に埋めに行こう」

なぜか部屋の中のかび臭いにおいは消えていた。しばらくすると消えていたエアコンが復活し、清涼な風をゆるやかに送り出し始めた。

次の日、二人は波の上ビーチに行き、梵字の書かれた生卵を深いところに穴を掘って埋めてしまった。

「あれは……なんていうのか……」あかねさんがそう言いかけた。

「あれは死神だよ」と辺戸名さんが言った。「沖縄にはいっぱいいる。シマ（宮古島）にはもっといる。見えている姿は重要じゃない。そんなもの、いくらでも変えられる。大事なのはあんたの心だからね。死にたいと思ったら、そういうのが憑くんだよ。寄って来て、あんたの足をひっぱるのさ」

話を聞きながら、いろんな思いが去来して、あかねさんは涙で前を向くことができなかった。


今でも時折思い出す。公園のベンチに夜中の三時過ぎに一人で座っていた美少年のことを。また会いたいなと思うこともある。その時には決まって波の上のビーチに埋めた生卵の鮮明な映像が脳裏に蘇る。今もそこに埋まっているのだろうか。書かれた梵字は消えてしまったのではないだろうか。卵は腐って割れているのではないだろうか。今でも彼女は一人ぼっちである。寂しい夜に、ふと昔に体験したこんな話を思い出す。でも前を向かないといけない。そう思い、過去を振り払っている。そうしないといけないのだ。生きている限り、歩いていかないと自分はダメになる。未来なんてわからないが、すくなくとも二十歳の頃よりも自分は成長したに違いない。あかねさんはそう思いながら、今日も松山のアパートで一人で暮らしている。

親雲上

男性ユタの野国《のぐに》さんの家には、いつもいろんな人が訪ねてくる。
先日は、勝連城《かつれんじょう》でムカシユー（昔世）を治めていたという国王がやってきたという。

その日は中北部の勝連で墓のウガミ（拝み）の仕事があったので、途中のスーパーで買い物をして帰ってきたのだが、野国さんはそこからすでにおかしかった。なぜか普段は絶対に買わない日本酒やフルーツ、おつまみなどを大量に買い求めた。特に今年五十歳になる野国さんは高血圧の薬を飲んでいて、グレープフルーツは薬と相性が悪いことから、ここ数年口にしてもいないのになぜかそれを十個も買ってしまった。

家に帰ると奥さんから「あなた、どうして普段食べないこれらのものをわざわざ買ってきたの？」と白い目で見られたが、自分でも急にそれらが食べたくなり買ってしまったので、理由など説明できない。
「だからよ。俺も不思議なわけよ」そう野国さんは言った。

「またあなた。変なものを連れて帰ってきたんじゃないの」奥さんが言った。

「知らん。いないと思うけど」

多少霊感のある奥さんは、野国さんの後ろで魔を祓うように両手でパンパンと拍手《かしわで》を打った。

その後、奥さんと子どもたちが寝静まったあと、野国さんはキッチンでテレビを見ながら一人で買ってきた日本酒を飲んでいた。意外にうまいもんだ。普段は飲んだことのない芳醇な日本酒の味に舌鼓を打っている自分がいた。すると、台所のヒヌカンから変なアクセントで喋りかけてくる男性がいる。姿は肉眼では見えないが、どうやら体格のでかい屈強な男性のようだった。鎧をつけているような気もする。

「ワシにも注いでくれ」

野国さんは普段は泡盛を入れているヒヌカンのお供え物の杯を取り、そこに日本酒を注いで御前に捧げた。

「どうぞどうぞ」

「これは申し訳ない。みんな泡盛ばっかりで、日本酒がちょうど飲みたかったのだ」と相手が言った。

「いえいえ、お役に立てて幸いでございます」野国さんも言った。

「ところで、乾杯してもよろしいかな?」と相手が言うので、野国さんは「いいですよ」と言って、自分のグラスとヒヌカンの杯をカチンと触れ合わせた。

「乾杯!」と野国さんは言った。

「カリーサビラ!(乾杯)」低い声で男性が喋った。

野国さんは酒を一口飲み、いきなりその日本酒の風味が落ちていることに気がついた。さきほどとは味がまったく違う。なんというのか、まるで一年間野ざらしにしたような、そんな味気ないものに変わっているのだ。

「あの、私の酒、これも飲みましたよね」と野国さんは言った。

「ダメかね」と相手は言った。

「ちゃんと注いだものだけ飲んでください。これは私のだから」

「あんなおちょこに一杯だけじゃ足りないのだが」

「ここは私の家だからお客様はおもてなししますが、主の飲んでいるコップからも飲むなんて、悪霊だとしか思えませんよ」

「ワシが悪霊だと。失礼千万。ワシは国王なる高貴な魂。もうユタグトゥをさせてやらないぞ」

「とても国王には見えないし、私の後ろの神様にも見えませんけど」

「同じようなものだ」

「絶対に違う」

「それはそうと、フルーツも食べたい。それはワシらのために買ってきてくれたのだろう」

それを聞くと野国さんは買ってきたグレープフルーツやりんごなどを、ヒヌカンの前にドカドカと置いた。

「グレープフルーツが好きなんですね」と野国さんは言った。

「ありがとう。凄く美味い。クワッチーサビタン（ごちそうさま）」

「もう食べたんですか？」

「マーサン（おなか一杯）」

野国さんはあきれて、ソファに移動してテレビを見始めた。その時、仕事用の携帯が鳴った。時刻は夜の二時。着信を見ると、相手は自殺願望のある四十代の主婦みゆきさんだった。普段こんな時間に電話は取らないのだが、胸騒ぎがしたので野国さんは話をすることにした。

「もしもし、みゆきさん。どうされましたか？」

「ああよかった野国さん。うなされてしまって、助けてください。首を切りに来るんです。大きな鎌を持った死神みたいなものが、家の周囲をグルグルーしている」

「ちゃんと家の結界は張っていますか？　塩とゲーン（ススキの茎を三本束ねたお守り）は大丈夫ね？」

「はい、全部しているんだけど、それがよ、夜中に勝手にガスコンロの火がついたり、バンって爆発音がするわけさ。もう怖くてよ。今近くのファミレスにいるんだけど、家に帰れないいんですよ」

その時あることを思いついて、野国さんは「三十分くらいそこで頑張れますか？ちょっとあることを試してみようと思うので」と相手に伝えて、電話を切った。

「おい、お前さん」野国さんはヒヌカンに呼びかけた。

「ワシか？」

「あんた、名前を名乗っていないが」

「名乗るほどのものではない」

「名乗ってくれないと、家から追い出しますよ」

「親雲上（ペーチン）」と相手は名乗った。親雲上とは昔の役職で、いわば現在の村長か、そんなものである。

「親雲上だったら村長か、偉くて市長止まりじゃないですか。国王とはかけ離れすぎていますよ」

「何を言うか。ワシは追放されたのだ。首里から勝連へとな。だから親雲上でも国王なのだ」

「言っていることがめちゃくちゃです。琉球の歴史について知らないでしょう?」

「何を言うか。失礼なユタよ。ワシはもう帰る」

「帰る前に一つお願いがあります」と野国さんは言った。「あなたにはお酒もフルーツもご馳走したのだから、一つぐらいお願いを聞いてくれてもいいでしょう」

「なんだ」

「あなたは力が強い。だから私のクライアントのみゆきさんという女性を助けて欲しいんです」

「その女は、死神がついておる」

「そうですよ。さすがですね。ぜんぶお見通しだ」

「当たり前だ。ワシに見えないものなどない」

「今沖縄市のファミレスで怖くて震えています。家はその近所なんですが、その死神を祓ってもらえませんかね」

「お前にもわかっているだろう。それは離婚した彼女の前の旦那の母親から飛んできている念だ。彼女はウガミサー（拝む人）であるからな」

「まったくもってその通りです。あなたはさすがだ。国王に違いない」

「もちろん。私こそ本当の国王であった。で、それを消し去ればよいのだな」

「はい、倒してほしいのです。できますか」

「もちろん。ではお礼にやってやる」

「ありがたき光栄です」

「ところでワシらには沢山部下がおってな。なにか土産を持って帰らねばならん」

それを聞いた野国さんは、冷蔵庫から高級なロース肉を取り出して、ヒヌカンに置いた。

「これも持っていってください」

相手は「うむ」と頷き、素早く肉の中の何かを抜き取ると、ビューンとどこかへ飛んでいってしまった。すぐに野国さんはみゆきさんに電話を掛けた。

「みゆきさん、あのね、こっちでいろいろと手配したから、もう大丈夫なはず。家に戻ってみてくれますか？　もしこれでダメなら別の手を考えます」

しばらく待っていると、みゆきさんから着信があった。

「野国さん、不思議ですけど、家の中が凄く静かです。前はいろんな場所で騒音があったから、頭が痛かったんですよ」

「そうですか。それはよかった。じゃ一つだけお願いしていいですか。家のヒヌカンに、明日グレープフルーツを二個ぐらい買ってきてお供えしてもらえますか。その際に『これはお世話になった親雲上様へお礼です』と一言添えてください」

相手はわかったと言って、電話を切った。


次の日、朝起きると奥さんがキッチンでわめいていた。

ヒヌカンの前に置いてあったフルーツすべてにカビが生えていた。昨日買ってきたものとは思えなかった。半分以上が腐り、食べられたものではなかった。また奥さんがすきやき用に買ってきた肉のパックが出しっぱなしにされていたが、これも一週間放置したかのように腐り、パックの中でドス黒く変色していた。

「あなた、これどういうこと？」奥さんが言った。

「親雲上が食べよった」野国さんはただ事実だけを述べた。


この話にはまだ続きがあって、一ヶ月後のことである。

沖縄の新聞には、死亡広告欄というものがある。親戚関係が強い沖縄では、人が死ぬとそこにだれだれが死んだと告知をするのが一般的であるが、野国さんはそこに嫌な名前を見つけてしまった。クライアントのみゆきさんにずっと念を飛ばし続けている、別れた元旦那の母親の名前であった。脳溢血のため、死亡と書かれていた。

「倒してくれとは言ったが、殺してくれとは言わなかったぞ」

それを読んで野国さんはボソリと呟いた。

呟いても、もう、どうすることもできなかったのだが。

べーべークーの呪い

志良堂《しらどう》さんは敗れた。それはわかっている。わかってはいるが、悔しい。それは強力な楔《くさび》となって、志良堂さんの胸に突き刺さった。もう二度と訪れない、歓喜の瞬間。自分はもう負けたのだ。それは終わりを意味し、死を意味した。

世間様に顔見世も出来ない。全てあいつのせいで終わったのだ。自分の人生そのものも。家族の名誉も。それらをすべてひっくるめた、人生という名のゲームに終止符が打たれたのだ。

志良堂さんはある時に何かの薄い線が切れ、自分はもうこの世に属していない人間だと思い始めた。手始めは自分を誹謗中傷して貶《おとし》めた人物に、フツ（口）の攻撃をすることと。それしかなかった。町中で大声で相手を誹謗中傷したが、それでは生ぬるかった。それで便箋四十枚にも及ぶ肉筆の手紙を相手に送りつけた。だが相手は代理人と言う卑怯な手を使い、志良堂さんに脅迫をかけてきた。そんなこと絶対に許されるわけがなかった。志良堂さんは代理人の男性が動けなくなるほど、相手にフツを飛ばした。すると相手はこんな言葉を志良堂さんに放ってきた。

「あなたは病院に見てもらったほうがいい。それが確実ですよ」

ああ、もうこの世は地獄だ。この私を病院だと？

志良堂さんは猛烈に頭に来て、夜になると小型のペンキ缶と刷毛を持って、町中を徘徊するようになった。

「クスゴミ中傷！」

志良堂さんはバス停や、電柱や、民家の壁に書きまくった。

「クスゴミ中傷！」

まるでそれは念仏のように、沖縄の町中にあふれ出した。バス停の案内板や高速道路の高架下にそれは現れ、強烈に人々の心を刺した。志良堂さんはもう止まらなくなった。

一体自分が誰を呪っているのか途中でわからなくなった。

そんなある日のこと、警察と近所の人がやってきて、志良堂さんからペンキ缶と刷毛を取り上げてしまった。そして狭苦しい病室に彼を監禁してしまったのである。

俺をここから出せ。

出せ。

出せ。

叫んでも拘束着を着せられているため身動きできない。やがて注射を打たれ、志良堂さんの意識は別のものにすりかえられた気がした。志良堂さんがそこから出たのは、それから二年後のことだった。

元から自分は狂ってなどいなかった。ただ復讐心が人よりも強かっただけだ。それを病院に閉じ込めるなど、あいつは鬼畜にも劣る。日に日に、相手への怒りが燃えるタールのようにくすぶり始めるのがわかった。

自分には地位も名誉も金もない。だが一つだけ武器がある。

フツに頼もう。

そのためには器を用意しなさい、と声が聞こえた。

志良堂さんは退院すると、すぐさま山手にある先祖代々の古墓に向かった。そこには現在使われていないジーシガーミ（骨壷）がいくつもあった。その中でも特別古そうなものを志良堂さんは墓場から持ち出した。

家に帰ってそれを開けてみると、空っぽだと思っていたのが、中に貝がひとつ入っていた。スイジガイである。方言ではベーベークーとも言う。沖縄では魔よけとして玄関や軒先に吊るされている。本来は魔を祓い、家に結界を張るものである。

それを持ち上げてみて、こいつを使ってみよう、と志良堂さんは思った。

魔よけに秘められた何らかの力を、自分の意のままに動く別の実体として使うのだ。

それは自然と志良堂さんの心の中に湧きあがってきた思いであった。

志良堂さんは実家の倉庫の裏にそれを置くと、毎日蓋を開けて、中にフッを飛ばし始めた。夜中の二時になると蓋を開け、底にあるベーベークーに向かって呪いの言葉を呟きかけるのである。

それを毎日毎日続けていると、しばらくするとベーベークーの中に何かが溜まるのがわかった。真っ黒い煙のような何か。もぞもぞとうごめいたかと思うと、渦を巻きながら立ち昇る。ところが意識の力でそれを操ろうとしたが、なかなかうまくいかない。どうしてだ。お前は俺の思い通りに動け。俺が命令した奴を倒せ。二度と土の上を歩かせるな。それがお前を創造した俺からの命令だ。

ところがベーベークーからは、なぜか悲しみしか伝わってこない。まるで小さな子どもが、助けてくれと懇願するような、そんな優しい感情しかない。

不敬な奴め、単なる貝の分際で俺に刃向かうな。お前はこれから俺の命令に従え。憤怒と怒りで刃を作れ。それで相手の額に穴を開けろ。クスゴミ中傷したあのボンクラにタータリ（祟り）してやれ。お前がクスゴミになれ。刃向かうと壊してやるぞ。

毎晩志良堂さんはそれに限りない力を与えるために、思いつく限りのおぞましい言葉と憤怒の感情を投げかけた。すると遂にそれは真っ黒いタールのようにうごめきながら、自分が解き放たれる日を今か今かと待ちわびている、とてつもなく黒い存在に見えてきたという。

次の新月の夜、志良堂さんはジーシガーミの蓋をそっと開け、そいつを解き放つことにした。さあ行けよ、飛び立て。俺を中傷し小馬鹿にしたクスゴミの上にのしかかれ。あいつを消してしまえ。疫病を擦り付けてやれ。

志良堂さんが見ている前で、ベーベークーはジーシガーミから飛び上がった。そしてすさまじいスピードで飛び上がり、暗黒の夜空に向かったかと思うと、すぐさま落ちてきて、自分の家の屋根に落ちた。

その瞬間、家の中から母親の「ギャーッ！」という甲高い悲鳴が聞こえてきた。

違う。

そいつじゃない。

相手は政治家で、それは俺の母親だぞ。

志良堂さんは急いで家の中へと戻った。母親が寝室の布団の中で血を吐いていた。すぐさま救急車で運ばれたが、一ヶ月後に帰らぬ人となってしまった。


うるま市に志良堂美帆さんという女性がいる。つまり、この話に出てくる男性の志良堂さんの姉である。母親が亡くなったあと、美帆さんは弟からそれらの独白を聞かされた。


母親を殺したのは自分だ。

自分がフツを使ってべーべークーの中に作ったあいつが、母親を殺した。

いや、作ったというより、呼んだのかもしれないね。

あるいは、最初はヤワな存在だったものを、俺が改造してやったといってもいい。

とにかく、母親を殺したのは、それなんだよ、姉ちゃん。

それらの話は、美帆さんにとっては頭のおかしな人の話にしか思えなかった。

「だって私には到底信じられない話で。弟は精神病院にも入院していましたし、だいいちべーべークーに込められた呪いなんて、聞いたことがありません。あれはだって魔よけじゃありませんか。呪いに使うものじゃありません」

ある夜、こんな会話を弟さんと交わしたという。

「姉ちゃん、俺が失敗したのは、ベーベークーを自分でコントロールできなかったからだ。それにつきる」

「そうなの。私にはわからないけど、あれは今どうなったの?」

「外に出て行きよった」

「外に出したら、危ないいんじゃないの」

「たぶん、野犬とか野良猫を襲っていると思うけど、時々俺の夢にも出てくる」

「何か言ってるの。それは?」

「夢でいつもこう言うよ。『いつかお前の命が食べたい。食べたい。食べたい』って。どこかに真っ黒い岩で出来た塔があって、そこに俺の書いた『クスゴミ中傷』って言葉が書いてある。あいつは真ん中に黄色い目がある。たぶん俺は最後はそいつに食われる。だから許してくれ」

「ねえ、もういい加減そういう話は止して。憎しみは何も生まないでしょ」

「それはあいつが悪だからだ。姉ちゃんには見えていない。俺を陥れた奴が日本を滅ぼす。だから俺は自分の出来ることをしようとしたが、出来んかった。自分の作ったものに食べられちまうんだよ」

そんな話をしてから半年後だった。

弟さんは自らの手で命を絶ってしまったという。

美帆さんは涙が足りなくなるほど泣いて、どうして弟を救えなかったのかと自分自身を激しく責めた。心が張り裂ける思いがしたが、それでも弟さんは戻っては来なかった。

「それからなんですけど、おかしなことが頻繁に起こるようになって……」

美帆さんの住んでいる家の近所で、野犬や猫の惨殺死体が発見されるようになったという。犯人は未だに捕まっていない。

「一度家の裏庭で真っ黒い動物のような影を見た気がするんですが、すぐに消えてなくなりました。でもなんだか怖いですよね。不安というか、落ち着く日がまったく来ないんです。毎日それに監視されている気がして」

一度空に飛び上がり、家の屋根に落ちたと弟さんが語ったべーべークーも、まだ発見されていない。

それよりもまず、家族の中でそれを見たものがいないのである。弟さんの死後、古墓から盗み出したジーシガーミは確かに実家の倉庫の中で発見された。しかしベーベークーはその中にはなかった。

一体どこにいってしまったのだろう。

あるいは本当にベーベークーは存在していたのだろうか。

美帆さんは「不安しか募りません」と震える声でそう呟いた。

エピローグ　ニンギンニナリドゥ

金城さんは珊瑚礁の中に立ち、青く広がった水平線に想いを馳せていた。

ここに来たのは目的があった。自分の母親、父親、親戚などが、近くの断崖から身を投げたからである。まさに地獄だったさ、と戦争を生き残った宮古島出身の祖母はよく語っていた。知らなければならない、でも知るのは恐ろしい。ニンギンヤアラン（人間ではない）。お前はそうなってはいけない。ニンギンニナリドゥ（人間になりなさい）。人が人の首を絞め、手榴弾を抱いた家族が血を噴出しながらバラバラになる。鬼畜米英がやってくるからノコギリで親族の首を切ろうとしても切れず、三日三晩首を切られた女性の悲痛な叫び声が集落の中に響き渡っていたさ。ニンギンヤアラン。ニンギンヤアラン。

金城さんはもう一度陽炎にかすむ水平線を眺めた。

手近な珊瑚のかけらを手に取り、ぼんやりと沖のほうへ投げてみた。

珊瑚のかけらは水面でスピンして、それから深みへと沈んでいった。

みんな沈んでいるのかな、と金城さんは思う。

海の底にはニライカナイがあるって聞いたことがある。

どんなところなんだろう。海の底で息はできるのかな？

そして、お父さん、お母さん、と心の中で呼びかけた。

お母さん、ぼくはニンギンになれるのかな？　それともニンギンではないのかな？

お父さん、ぼくは生きています。本当にごめんなさい。お父さんの身代わりになれたら、どんなによかったのに。

そんな会話をしながら、何度も何度も珊瑚のかけらや貝殻、石などを投げた。

しばらくすると、英語の声が聞こえてきた。見ると近くにＭＰがいた。駐留米軍の警察である。横に日本人がいたので、はっきりした日本語も聞こえてきた。

「ええ、ワラバーター（子ども）よ、そこはオフリミット（立ち入り禁止）だからよ。さっさと戻りなさい」

金城さんは、じゃあ、またね、と言い残し、ＭＰたちのほうへ向かった。

海岸から出ると、カーキ色の制服を着たＭＰと白いシャツを着た日本人の男性が立っていた。だが金城さんを眺めながら、しきりにその後ろに視線をやっている。

「ワラバーよ、あとの人はどこね?」

「ううん、ぼく一人だけど」

「ユクシムン（嘘つき）。あの人たち、さっきまでヤー（お前）のそばにいただろ?」

「いいえ、いません。ぼく一人です」

「消えるわけがない」

そういいながら、MPと日本人男性は、白骨の転がる海岸線へと急いで降りていった。

だが金城さんにはわかっていた。

彼らは目に見えないいんだよ。

だって珊瑚礁の住人なんだから。

「お父さんお母さん、また来るね。みんなもね」

金城さんはそういって海岸を後にした。

海の彼方からの潮騒だけが、いつまでもいつまでも金城さんの背中を優しく押していた。

琉球奇譚 ベーベークーの呪い

2019年9月5日　初版第1刷発行

著者　小原 猛
企画・編集　中西如（Studio DARA）
発行人　後藤明信
発行所　株式会社 竹書房
〒102-0072 東京都千代田区飯田橋2-7-3
電話03（3264）1576（代表）
電話03（3234）6208（編集）
http://www.takeshobo.co.jp
印刷所　中央精版印刷株式会社

定価はカバーに表示しています。
落丁・乱丁本の場合は竹書房までお問い合わせください。

ISBN978-4-8019-1987-7 C0193